歌飞太行

六月的海

乔叶 著

新星出版社　NEW STAR PRESS

图书在版编目（CIP）数据

六月的海 / 乔叶著 . -- 北京：新星出版社，2023.12
（歌飞太行）
ISBN 978-7-5133-5391-5

Ⅰ . ①六… Ⅱ . ①乔… Ⅲ . ①诗集 – 中国 – 当代 Ⅳ . ① I227

中国国家版本馆 CIP 数据核字 (2023) 第 217192 号

歌飞太行

六月的海

乔 叶 著

选题总策划	邹懿男	责任编辑	李文彧
特 约 编 辑	唐嘉琦	责任印制	李珊珊
审　　　校	王 颖	责任校对	刘 义
封 面 设 计	雷党兴	装帧设计	宣是国际

出 版 人　马汝军
出版发行　新星出版社
　　　　　（北京市西城区车公庄大街丙 3 号楼 8001　100044）
网　　址　www.newstarpress.com
法律顾问　北京市岳成律师事务所
印　　刷　北京天恒嘉业印刷有限公司
开　　本　880mm×1230mm　1/32
印　　张　7.125
字　　数　20 千字
版　　次　2023 年 12 月第 1 版　2023 年 12 月第 1 次印刷
书　　号　ISBN 978-7-5133-5391-5
定　　价　58.00 元

版权所有，侵权必究。如有印装错误，请与出版社联系。
总机：010-88310888　　传真：010-65270449　　销售中心：010-88310811

太行踏歌行
——"歌飞太行"序

"太行天下脊，黄河出昆仑"陆游曾如此吟咏开天辟地之大美山西；"太行山似海，波澜壮天地"陈毅元帅路过山西即写出最长诗篇《过太行山抒怀》，隐喻了太行山和太行山人民对中华民族全民抗战做出的无与伦比的巨大贡献……历来，人们知道这里民风淳朴，民歌荟萃，小花戏、"左权开花调"成为国家级非遗，但是很多人可能不知，这里还有一群植根这片土地的诗人，他们在巍巍太行，行吟踏歌。我永远记得，太行山那个冬日清晨的暖阳。

2021年5月起，我在组织的安排下到左权县开展乡村振兴定点帮扶工作。2022年11月，左权县诗歌协会的同志约我在县文联一聚，因我在乡下距县城较远，手头事多且忙，诗歌协会的同志就将就我的时间，最后我们约定在周末见。那是11月下旬的一个周六早晨，我开车翻山越岭七十华里，早早来到位于左权县城辽阳街的文联办公地。文联原主席孟振先、办公室主任李婷婷、《左权文苑》执行主编乔叶老师，以及几位诗歌作者已早早等候。当我走进文联简洁的会议室时，一双温暖的大手立即把我握住，微笑着问候："楠杰书记来得早啊！""哦，张老您怎么也来了？"我惊讶地看见年逾古稀的张基祥老先生站在眼前，他编撰的《铁证》《碧血辽县》《抗战文化》等十多本书籍是左权一笔厚重的抗战史料和财富，我刚来左权不久就认识了他，一直很敬仰。见我有些惊讶，旁边的同志解释："您可能不知道，张老师是县首届作协主席，也是我们诗歌协会的大椽和核心哟，他听说您要来，一定要来见见您。"当时，一缕阳光从窗外斜照进来，金色的光辉洒在张老沧桑而和蔼的脸上，他正笑意盈盈地注视着我，双手柔软地握着我的手，我顿时感到一股温暖在传递——时空在此定格，记忆在此永驻，我记住了这一缕金色而温暖的阳光，记住了太行山这个冬日清晨的暖阳，记住了这一张张真诚、坦率、朴实而热切的笑脸……一上午，我们就着几颗花生、瓜子和热茶，谈起了左权的诗歌和他们的创作历程……

是年9月18日，左权县举行"辽县易名左权80周年纪念活动"，中国外文局副局长兼总编辑高岸明率外文局报道矩阵亲临左权并启动人民日报、光明日报、中国日报等央媒采风活动，活动中，我们中国外文局驻左权帮扶工作队向高局长汇报了左权县帮扶情况，呈上了县文旅局、文联等关于出版诗歌、非遗图书推进文化帮扶的请求，从那时起，左权诗歌协会诗集和其他两套丛书出版事宜进入了外文局的工作统筹，局办公室孙志鹏副主任曾在左权县麻田镇任职，热心而专业，他总在关键环节推动着诗集出版的工作，外文出版社、新世界出版社的责编们辛勤工作，都为了这几套丛书早日面世。因为，革命老区文化事业的发展也是乡村"五大振兴"的重要内容，是太行山乡村历史和自然风貌、太行山人心灵和情感源自灵魂深处的表达，需要汇入时代的洪流并展现给全中国、全世界的人们看，需要推介和宣传左权作为太行山上革命圣地"小延安"、鱼米之乡"小江南"、陆地桂林"最美太行"的山水人文，需要让更多的人知道这里人们的精神追求、心灵需求、最美风光，需要大家到左权来共同交流、发展，共襄乡村振兴之盛举！

左权这几年发生了巨大的变化，围绕"红色左权、清凉夏都、转型高地、太行强县"的特色乡村振兴日新月异，向国际国内展示着更美左权和更美左权人。韩建忠、乔叶、常丽红、李立华、于广富、刘利、崔志军、郝志宏、白帆这九位左权县的优秀诗歌创作者，正好从20世纪50、60、70、80、90年代依次递代生长，贯穿了社会主义建设、改革开放、现代化建设等阶段，共同汇聚于中国特色社会主义新时代，沉淀了几个时代的感受、思考和情怀，凝练了自身和时代共同经历的贫寒、苦痛、迷茫、欣喜、阳光和顿悟，伴随着时代一同发展和进步。九位作者，都生活在生产、劳动一线，而且多数都在为生活而苦苦地、匆匆地奔忙着，个别人生活尚处在基本温饱线，但他们没有停止精神的追求，没有放下善良和悲悯的情怀，没有抱怨命运的安排，更没有等靠要，而是努力奋发、自立自强，在各自的岗位上发挥特长、勤恳工作，而且保持火热、慈爱、奋进之心，带着精进的意志和思索、智慧的头脑，在太行大山上，在生活的征途中，踏歌而行。

实践的土壤给了他们创作的泉源，生活的磨砺给了他们不屈的魂灵，激发了他们创作的动力和灵感，九位诗作者向阳而生、用心比兴。乔叶，先天弱视，丈夫重病，一人扛起家庭重担，带着丈夫进城谋生，住过零下20多度的出租屋，在雇主家里做过保姆，在街头卖过包子，奋斗到今天，成为省作协会员、《左权文苑》执行主编；崔志军，做过农民工，做过厨师，后成为事业单位临时工并坚持创业，现为县诗歌协会主席；韩建忠，上山下乡当过"知青"，入伍四年三年班长，痴心红色文化宣传、剧本创作并颇有成效，多年来没有报酬却无怨无悔，而他充满感染力的朗诵传递着激情、热爱的家国情怀，不逊专业水平；白帆，晋中师范学院中文系毕业后立足自身专业，一边攻书法、写作，一边在工作之余创业，在地下室建了一个装裱店，可见他肩上的担子并不轻；郝志宏，历经村、乡、公安系统多个岗位，业余时间写诗，累且思考着、快乐着……九位诗人中，鲜有专业出身和传统意义上的文人诗人，仅有左权中学语文高级教师、中华诗词学会会员常丽红长期专攻古典诗词创作；东北师范大学中文系毕业的于广富，在高中系统参加过诗歌培训、大学时创办文学社，毕业后在机关从事文秘工作，并在新华社《对外宣传参考》做过编辑……专业人士寥寥，倒是生活的磨难从不缺席，感悟生活、思考生活的秉性也从不缺席……生活中所有的苦难经历和折磨，都不妨碍他们对于诗歌的追求，不妨碍他们对于生活的热爱、思索和表达……谁说，生活大学、社会大学、人生大学不是最好的诗歌培训课堂？谁说，生活、社会、人生不是最好的老师？正因于此，他们才更接地气，诗歌的形式才更加质朴、表达更加执着，向上生长的力量更加强大！左权中学物理老师刘利在教学之余"写心写情写这人间百态"，他认为"诗是美的，诗是真实的，诗更是发自内心的""我妄图用最简单朴实的语言，表达内心里的种种，诸如爱、诸如恨、诸如忏悔、诸如怜悯、诸如思念、诸如纪念、诸如得失、诸如呐喊、诸如愿望、诸如希望……"当是这群太行行吟诗人的共同心声。

"梁志宏/手中捧着一束山花/这束满天星/等了他七十六个春夏/七十六年前/梁志宏的叔父十六岁/在这束山花旁/目睹了左权将军/在榴弹的爆炸中倒下"韩建忠《十字岭的山花》流淌着这座英雄城市对英雄的追忆和执着追求;白帆在《旧居里的木槿》旁浅吟低唱:"时常有人在左权旧居/游走或是停留/迎来送往的时日累积/茂盛着院里的两棵木槿/我站在树旁/嗅一瓣花的滋味/连同历史咀嚼入喉……""告诉我旧寨在哪里?/旧寨还远不远?/我家是旧寨哩,你知道不?"崔志军的《寄往旧寨》用一位坚守老人的话道出对历史和家乡骨子里的思念;"我又在联想/许是佳人思君,泪流成溪/桥边栽下相思树/多年后/君子成树/树成君子"郝志宏巡游山岗,见《那棵沙棘树》矗立清溪和石桥旁,顿生相思;而李立华在《所有升起都簌簌落下》中感悟"白云升起/雨簌簌落下……所有升起都簌簌落下"的世间循环大道;悟道"上善若水"的于广富则在《此刻,我只与月光为邻》中感悟:"水总是淡然而去/有很多的悲伤在微澜下面/激走,一些忧郁也在顺流而去/这样的时刻,总能让人的/内心,平静如水";感恩的乔叶在《六月的海》中描述自己不仅时刻保持一颗感恩的心,且因此"面前出现了真实的大海／展翅飞翔的海鸟、辽阔湛蓝的海水／我在欢喜中醒来／哦，海是书／书，是我的心"生出进取之心；而刚出版了《漱玉心莲》格律诗作的常丽红在《将军峰》中，以笔为刀为曾经横刀立马、带领八路军指战员浴血战斗在这片土地上的彭大将军塑像，虽弱女子却愣是刻画出铁骨铮铮："他就是一座活的山峰／巍然屹立，铁骨铸就，铮铮似你／手执望远镜，观山河，誓补金瓯／观风烟，欲刃雠寇／观村庄，欲挽民出水火／凛然，凭谁敢来叩犯"！

……

诗言志，志为心声；歌咏言，言亦为心声。当"志"和"言"皆为心声之自然流露、嘹亮飞扬，并与天地之浩然正气、人间之沧桑大道汇成时代之滚滚洪流，左权诗人，在太行山上的行吟、踏歌，将响彻华夏大地！

同时，诗歌是文学皇冠上的明珠。需要不断精进、攀登，甚至向苦而进，向苦而精，才终将千年流传。今年9月23日，正值秋分之日，我从桐峪镇出发，徒步八个半小时、七十华里翻越海拔近1500米的土门岭走到左权县将军广场时，诗歌协会的诸位同仁早已在广场等候，对我说："有志者事竟成！"其实，他们是说给自己的——有诗者，事竟成！

值此左权县诗歌协会诸君精雕细刻的大作

即将出版之际，再三嘱我为序，推辞不过，愿以此为契机，以"外文局人、左权人、工作队员"的三重身份——

感谢中国外文局领导、帮扶办和各位同仁对老区的全面关心、帮助、扶持，感谢左权县委县政府和各级同事为这片土地的殚精竭虑、团结奋斗。

感谢左权人民，在这两年多的帮扶工作中，给予我各方面的帮助和关怀，我真心感到革命老区"人人是教员、处处是课堂、时时受教育"，这座山和这座山上的人们对我的恩泽，一生感恩不尽、受益无穷。

感谢外文局驻左权帮扶队各位队友和社会各界人士，一同为革命老区脱贫攻坚、乡村振兴做出的无私奉献和一致努力！我们有理由相信：俗称"表里山河"的大美山西，在三千万三晋同胞和十四亿华夏儿女的共同努力下，乡村振兴将伴随中华民族伟大复兴的脚步，铿锵有力、踏歌而行！

是为序。

楠 杰

2023 年国庆

乔叶的诗：与生活同行

杨占平

  几年前，我在给左权作家乔叶的长篇小说《树盘上的过往》写的评论中有这样一段话："乔叶出生农家，自幼爱好文学。父亲是小学教师，教会了她严谨做人、勤奋学习的品质；母亲是农民，教会了她对天地自然的敬畏与感恩。她从20世纪90年代后期开始发表作品，二十多年来，散文、杂文、诗歌、小说在多家省市报刊上问世；出版有自传体长篇纪实文学《我的左手扶住你的右手》和散文集《一盏心茶》，获得过两次'晋中文学奖'及其他多个奖项。从前年开始，乔叶把精力集中到创作长篇小说《树盘上的过往》上，经过两年多的努力，从初稿到二稿三稿四稿，几次修改，终于定稿，即将付梓出版。"这次为她的第一部诗歌集写序言，还愿意把这段话用上，这是因为我觉得这个评价仍然适用于她，也是让对她不太熟悉的读者能有一个基本的印象。近些年来，乔叶在出版了长篇小说《树盘上的过往》后，文学情怀不减，写作热情依旧，又有好几部中篇小说、儿童文学、散文、报告文学问世。现在，诗歌集《六月的海》也即将出版，让我由衷地高兴，更加充分地理解了乔叶已经把文学创作当作自己的生存方式之一，并且不断地拓宽写作方式，不断地追求作品应当呈现出的价值，不断地寻找艺术表达的深层意义，把个人对生活积累的理解、对社会现象的思考、对历史事件的反思，都体现在作品中。

作为一个在文学界行走三十多年的"业内人士"，我在阅读乔叶的诗歌过程中，想到一个创作规律，那就是：许多后来成名的作家，一开始文学创作都是先尝试写诗歌，然后才转向小说、报告文学、散文和戏剧；事实上，真正能写出高质量的诗歌来，却并不是一件容易事，这也是很多人的共识。我们历数中国文学史，诗歌主宰了很长时期，每个朝代都有经典诗歌作品传世，一代人接一代人传诵。这些诗歌佳作的作者，无疑都是取得辉煌成就的文学大家。从思想内涵、表现手法、立意角度、遣词用句等方面评价，自然是各有千秋，特色明显，风格迥然不同。不过，我却认为有一点他们是一致的，这就是：这些历代诗歌大家的经典之作，都是他们人格精神和真情实感的展示，更是他们艺术追求的证明。从这一点来评判当下的诗歌作者，我认为，如果能够继承前辈诗人的这个优良传统，就会有好作品问世；如果仅仅是为了博取名声和利益，或者是有目的地附庸风雅写诗歌，那就只能是一种文字游戏而已。我在阅读了乔叶的这部诗歌集后，明显感觉到，她尽管多年写作体裁主要是小说、散文和纪实文学，但在诗歌创作中很好地继承了历代诗歌大家的优良传统，突出表现在每一首诗作都是她人格精神的流露。她写诗，绝不是无病呻吟，或者是为写诗而写诗，更不是进行文字游戏，而是真情实感迸发的结果，字里行间流淌着由某件事某个人或某种现象产生的独特感受与体验，让读者真切地共鸣到她的真诚态度、她的宽容心胸，她的细腻感受。

我从乔叶的这部诗歌集中能够明显看出，她的诗都是来自于实实在在的生活体验、思想认知，同时又有个性的发现。她用质朴的语言文字把深刻的诗意呈现出来，确实做到了诗歌应该担当的责任。全书由四个部分组成：《家乡篇》《人文篇》《自然篇》《亲情篇》。从篇名看，没有什么语出惊人的意念或者雅致的字眼，都是朴素无华的语句，却也是最接地气的概括。其实，这样的篇目名称，我更喜欢，它们虽然简单扼要，可透着一种亲切与实在。每个篇目的作品都围绕篇名意思展开，主题和内容相对集中。比如《家乡篇》中的第一首《左权开花调》："这是一片，万事万物都开花的土地／要不，如何开了上千年，还在开？／／她让快乐开花，滋润长长的岁月／她让苦难开花，抚慰伤痛的心灵／／她让悲伤迸发力量／她让勤奋绽放芬芳／／如果，你爱这片土地／你，就是她怀里最美的花"。这首诗并不长，但是，乔叶却把自己对家乡左权民歌开花调的情感，流露得特别深刻和独到。她的家乡左权县是全国有名的民歌之乡，她在那片土地上生活了几十年，对开花调的理解是绝对不同于其他地方人的。她在诗作中把这种理解真实地表现了出来，让读者对她的家乡，对左权民歌有了一种真切的感受。

从乔叶的诗歌作品中，还可以读出她那独特的人生感悟和诗人激情，读出她来自于对社会生活的深刻认识与判断，因而，每一首诗的主题立意都是鲜活的，都是蕴意深刻的，都是体现着强烈的个性意识的，能够创造出一种富有诗意的情境来，凝结着一种诗情或者说是诗性。这种诗情或诗性，我理解，其中就包含着乔叶本人的刚毅和敏锐，渗透着她对社会现象的感悟和见解。《人文篇》中有一首《我是谁？》很有代表性："很多次，我觉得自己并不存在／那个弱视的女子是我的替身／缺憾赋予她必然的使命／磨炼她的思想，造就我的灵魂／／那个爱写作的女子也是我的替身／她的喜怒哀乐也是花鸟鱼虫的语言／过去不留影，未来无寻踪／我，只是时空里的一粒微尘／／微尘也不是一个模样／发亮的、灰暗的，静止的，飞扬的／发亮是阳光的功德，灰暗是自己的真相／静止是在反省过失，飞扬是为众生歌唱／／哦，原来我有很多个样子／她们是我非我，我是她们又非她们／有我是虚，无我是真／我来自虚空，最终归于虚空。"这首诗，是乔叶一首表达自己人生追求的作品，每一句话都是发自内心世界的感受，蕴藏着深刻的哲理与人文意境，代表了她在人文思想方面的体会。其中包含着的生活和生命的内容，让人们不能不从中感受到许多道理。

乔叶写诗是在努力追求真善美境界，从她的不少作品中可以想象到，一首诗篇幅不长，却肯定会耗费她很多精力。写作前，她总会细致观察、理性思考，形成美丑善恶、是非真假的

V

结论,坚持诗歌是审美的、向善的、求真求实的,而丑陋、邪恶、虚情假意是坚决反对的;写完之后,还要反复修改,直到自己满意为止。正是这样的追求,让我们读她的诗歌时,就像是在听一位朋友坦诚、真情地诉说她的各种人生体验,诉说她的喜怒哀乐,诉说她那善良的心灵。虽然是一些人们都会碰上的普通事,是一些人们司空见惯的小人物和经常遇见的自然与社会现象,但是由于乔叶是将全身心都投入了进去,所以你不能不被她的叙述、她的抒情、她的议论以及她的绝无掩饰造作的文字打动。她的诗作虽然不能说每一首都是精品,但是都真实地展现了她本人所经历的一幕幕社会景象,抒发了自己有别于他人的感受。这种境界在《自然篇》中的《月牙儿说》中最有说服力:"我,生来就是个月牙儿 / 我用一生的力气追赶圆月 // 我在春天孤独地奔跑 / 再美的花儿也不敢停留 // 我在夏天无助地奔跑 / 常常任风雨把我淋透 // 秋天,别人喜获丰收 / 我捧着一株青苗,笑出了眼泪 // 冬天,我怕冰把我滑倒,雪把我掩埋 / 紧紧拽着西风的手,期待东风。"

乔叶是一位特别重视亲情的写作者,因此,她的诗歌集专门列了一集《亲情篇》。收在这一部分中的所有诗歌,都是表达她对父亲、母亲等亲人炽热情感的,比如有一篇《一树糖梨》是这样写的:"这棵山梨树,长在老家西北面的山坡上/因为很甜,村里人叫它糖梨树/每年七月,父亲总能或多或少/把那红艳艳、黄灿灿的欢喜给背回家//梨儿不大,母亲把它捂在小缸里/等到香气飘满屋子,梨儿变软/我们剥去薄薄的皮放进嘴里/便是满口琼浆玉液般的甜//父母看着我们吃,他们却不吃/我们吃完后,又期待明年/不觉间,父亲带走了'明年'/留下一树糖梨,时不时/甜在我的心间。"读这首诗,我们似乎不是在读文字的诗,而是在欣赏一幅满满的亲情图画,画中有一棵糖梨树。在七月的时候,一位父亲带着喜悦从树上摘下一些糖梨回到家,母亲捂在小缸里,几天后,拿出来分给子女们,而子女们吃着糖梨,一脸幸福,父母亲却舍不得分享,看着孩子们的幸福就无比地高兴。

已经从事文学创作多年的乔叶,非常注意很好地把握作品的艺术表现方式,她明白,诗歌创作对艺术性的要求更加明显,所以,她对每一首作品的构筑,不管篇幅长短,都是根据主题,做到详略得当,该长则长,该短则短。不论是抒写生活体验,或者倾诉内心感受,都没有矫揉造作的陋习,没有浮泛的诗风,突出自然状态,强调现场感。如此,便创造出了浓厚的艺术氛围,提升了诗歌的品位。

乔叶在文学创作方面的追求与信念,凭着几十年的实践和成果得到了充分的印证。我相信,她会一直与文学同行,继续把写作当作人生的终极内容,义无反顾地坚持走下去。

2023年2月7日

(作者系山西省作家协会原副主席,作家、评论家。)

目 录

家乡篇

左权开花调	/3
桃花红杏花白	/4
亲圪蛋	/5
太行冰酒	/6
在紫金山下仰望	/7
孟信垴	/8
红色左权	/9
在左权将军故居	/11
在左权将军的马棚里倾听	/13
将军峰	/14
左权独立营——永远飘扬的战旗	/15
四十六位忠魂——太行山上的灯塔	/16
太行鲁艺——信念的光焰	/18
闪光的黄豆	/19
"山药蛋"开花左权红	/20
海，是这样汇成的	/21
黎明是这样点亮的	/22
遇见"五里制"	/23
信仰的高山	/24
石匣水库寻踪	/25
石佛寺听佛言	/26
高欢云洞	/27

禅房古桥	/28
古崖居	/29
五指胜迹——手托崖	/30
太行神女峰	/31
在文峰塔下	/32
龙泉	/34
龙泉红叶	/35
土门豁	/37
石台头姑娘的启示	/38
不老的扇子	/39
中国梦之根	/40

人文篇

日月星辰	/45
向万物低头	/46
我是谁	/47
这一刻	/48
这一念	/49
朝拜黛螺顶	/50
拜谒打坐石	/52
久违了，红嘴鸦	/53
修路人	/55
听路说	/56
不要问	/57
高度	/58
镜子	/59
空	/60
无望的人	/61

年	/62
"六一"回眸	/63
距离	/64
毒	/65
听毒药发作	/66
五色线	/67
向日葵	/68
一包芥子	/69
和解	/70
爱情的语言	/71
暗恋	/73
重逢	/74
敖包有感	/76
彼岸花	/77
朋友	/78
偶见	/79
泡泡	/80
活着	/81
萤火虫	/82
知了	/83
寂寞的村庄	/84
雨声	/85
迟来的雨	/86
影子	/87
门	/88
伤痕指数	/89
出租屋	/90
世道	/91

十二生肖偶感　　　　　　　　/ 92

自然篇

月牙儿说　　　　　　　　/ 99
六月的海　　　　　　　　/ 100
我的水源　　　　　　　　/ 101
失与得　　　　　　　　　/ 102
无踪　　　　　　　　　　/ 103
冰凌花　　　　　　　　　/ 105
融化　　　　　　　　　　/ 107
做伴　　　　　　　　　　/ 108
在天边　　　　　　　　　/ 109
人当如草原　　　　　　　/ 110
夜过蒙古高原　　　　　　/ 111
嘞嘞车　　　　　　　　　/ 112
时光　　　　　　　　　　/ 113
青春　　　　　　　　　　/ 114
云海日出　　　　　　　　/ 115
风花雪月　　　　　　　　/ 116
相知　　　　　　　　　　/ 118
惊蛰　　　　　　　　　　/ 119
蒿草　　　　　　　　　　/ 120
我家的仙人球　　　　　　/ 121
绿化带里的丁香　　　　　/ 122
铁线蕨　　　　　　　　　/ 123
老院的小果树　　　　　　/ 124
爱的罪过　　　　　　　　/ 125
感恩一场雨　　　　　　　/ 126

无月的中秋　　　　　　　　　/ 127
今夜月光　　　　　　　　　　/ 128
与明月说　　　　　　　　　　/ 129
最后的月光　　　　　　　　　/ 130
红叶　　　　　　　　　　　　/ 132
看红叶　　　　　　　　　　　/ 133
又见落叶　　　　　　　　　　/ 134
秋叶的伤感　　　　　　　　　/ 135
寂寞的柿子　　　　　　　　　/ 136
日子　　　　　　　　　　　　/ 137
旷野黄花　　　　　　　　　　/ 138
相约　　　　　　　　　　　　/ 139
雪　　　　　　　　　　　　　/ 140
错过一场雪　　　　　　　　　/ 141
和雪花对话　　　　　　　　　/ 142
风　　　　　　　　　　　　　/ 143
又写风　　　　　　　　　　　/ 144
尘　　　　　　　　　　　　　/ 145
有这样两个孩子　　　　　　　/ 146

亲情篇

指尖的喜气　　　　　　　　　/ 151
又见松塔　　　　　　　　　　/ 152
一树糖梨　　　　　　　　　　/ 153
半截香蕉　　　　　　　　　　/ 154
烟　　　　　　　　　　　　　/ 155
南房　　　　　　　　　　　　/ 156
梨花缘　　　　　　　　　　　/ 157

v

走读留影	/ 158
听雨寻梦	/ 159
回望端午	/ 160
冬月随想	/ 161
麻叶饼	/ 162
回望冬至	/ 163
我的桦树皮小碗	/ 164
母亲有双开花的手	/ 165
娘	/ 166
晨月	/ 167
相守的时光	/ 168
月牙船	/ 169
沐浴悲伤	/ 170
清明风语	/ 172
生锈的剪刀	/ 173
又见五谷	/ 174
母亲带走了故乡	/ 175
疼痛的回乡路	/ 176
七月的眷恋	/ 178
遥望故乡	/ 179
路过故乡	/ 180
一张私藏的照片	/ 181
山脉，血脉	/ 182
亏欠	/ 183
娘去哪里了	/ 184
梦里闻娘亲	/ 186
昨夜，我两次梦见母亲	/ 187
这暖，足以抵御一生的寒	/ 189

热炕	/ 190
在异乡,我饿了	/ 191
钥匙	/ 192
牵手月亮	/ 194

后记:诗歌是我的镜子

跋:歌飞太行情意长

家乡篇
——这方山水是我一生的眷恋

左权开花调

这是一片,万事万物都开花的土地
要不,如何开了上千年,还在开?

她让快乐开花,滋润长长的岁月
她让苦难开花,抚慰伤痛的心灵

她让悲伤迸发力量
她让勤奋绽放芬芳

如果,你爱这片土地
你,就是她怀里最美的花

桃花红杏花白

在时光深处,你已开成一首绝唱
成为这方人爱情的代言
红,红得热烈奔放;白,白得坚贞不渝
不同肤色的人都为你陶醉

喜欢你的人,你是她手里的云霓
再平淡的生活,也能装点得如梦如幻
唱起你的时候,春天就降临在他心里
苦难的日月,也披上盛装

你是这块土地的名片
全世界都知道——你来自左权

亲圪蛋

亲圪蛋
是左权独有的方言
它是名词
指你心中最喜爱的人
它是动词
刻画你为理想奋斗的样子
它是形容词
即情人眼里出西施
亲圪蛋
是人世间爱与美的化身
是左权这片热土上的
你、我、他

太行冰酒

传说,向往爱情的人在七夕的葡萄架下
可以听到牛郎和织女的千古情话
当我遇到,在全世界的葡萄酒中
三万瓶里才有一瓶的太行冰酒,已听到
天长地久的深情和誓言

酿造冰酒的葡萄,从夏日的碧绿
到秋天的金黄,再到冰雪覆盖下的粉紫
演绎了织女历久弥坚的真情
冰酒的色泽如琥珀,香醇如琼浆
诠释了牛郎日月可鉴的忠诚
爱情有多美,冰酒就有多美

冰酒翩然飞越关山,飞渡重洋
用摘下的一个个桂冠向世界讲述:
中国有文化厚重的山西
山西有歌甜舞美的左权
左权有全球夺冠的——鱻淼酒庄

在紫金山下仰望

仰望紫金山,七百多年前的科学家郭守敬
与这座晋冀交汇处的最高山峰比肩
山下是他的家园,山顶是他的天文观象台
是他,让中国的天文学登上世界巅峰

十四部,一百〇五卷的巨著
照亮中国、照亮世界、照亮太空
我们每一次仰望苍穹
先贤的慧眼就和我们遥遥相望

太阳系中的"郭守敬小行星"
朝朝暮暮与我们天地人相守
月球上的"郭守敬环形山"
岁岁年年同我们灵犀咏婵娟

孟信垴

这个地名,已延续了一千五百多年
是太行山的一颗明珠,在辽州古地上熠熠生辉

北魏廉吏孟信半生为官却家贫如洗
家人用仅有的一头病牛换些粮米,他都不许

买牛人得益孟信品行的熏陶,家业日渐兴旺
不只要家人记住孟信
还要让最高的山记住孟信

四万公顷的孟信垴
如今已是国家级自然保护区
平地开阔如草原,绝顶俯瞰万里山川

无限风光,因孟信而有了灵魂
纷至沓来的游人,读懂了灵魂的高度

红色左权

自从一支叫"八路军"的队伍
将救苦救难的星星之火
点亮在辽州大地
太行山就没有了冬天
军民一家亲的故事
还在大街小巷流传
彭老总修筑的稻田
至今春意盎然

当一个个农家妇女
把自己儿女的奶水
喂进为穷人打天下的
将士血亲的嘴里
漳河岸边就没有了黑夜
奶娘们把自己的孩子
留在倭寇的刺刀下
她们带着奶儿去逃难

当一位文武全才的将军
把热血洒在十字岭上

这片古老的土地
有了一个永久的名字
——左权
将军彻夜亮着的灯光
至今与旭日同辉
将军亲手栽下的木槿
芬芳着岁岁年年

鲜红的心啊
鲜红的血
你浇灌了一方山川
一方信念
你早已酿出香醇的烈酒
激励一代代左权儿女志不休
你永远燃烧着不熄的火焰
照亮自强不息的豪情
报英烈!

在左权将军故居

二〇一九年金秋的阳光
漫过五彩斑斓的太行山
同我停泊在左权将军故居
一片宁静、安详
读《家书》的声音,仿佛来自蓝天深处
带我进入时空隧道,倾听一家人述说离情

母亲说:儿啊,你十八岁离家
妈等了你二十六年。当那么多战士叫我"妈妈"
我才知道,七年前你已睡在太行山的怀里!
妈一端起碗,就想起你在吃草……
将军说:妈妈,我们吃草
是为了天下受苦人不再吃草
你看那些来看我的孩子多么幸福
我很欣慰!

妻子说:你牺牲后,我才收到你最后一封信
你的声音:"念!念!念!念!"时刻回响在我耳边
我们一家人唯一的一张合影
是我最大的精神支柱

给了我生活的希望和前行的力量
将军说：志兰，我没能和你一起扶养太北成长，
让你一个人
承受战火的煎熬、生活的艰难，我很愧疚！

女儿说：爸爸，我终于可以当面叫你"爸爸"了
我出生不足百天就离开你
四十二岁才看到你留下的家书
原来文字里的父爱也是一片海
这海，陪伴了我三十七年
我在十字岭上抚摸你的塑像
感到了你的体温……
将军说：北北，你不愧是爸爸的好女儿
你的人生理想
以及对下一代的培养
都是爸爸信念的延续，我很高兴！

我的泪水一次次涌出眼眶
景仰之情和使命感汇成澎湃的海
我看见自己站在一叶发光的小舟上
光芒里闪耀着——将军的名字

在左权将军的马棚里倾听

马槽空空，马棚寂静无声
马龙头、马缰绳上，依稀留着八十年前战马的体温
将士的手温
我驻足凝神
听见战马咀嚼草料的声音，打响鼻的声音
疾驰的马蹄惊醒沉睡的黎明
冲锋的号角在太行山上荡起阵阵回声
百团大战、黄崖洞保卫战的捷报到处传颂
还有，还有痛失将军后遍地的哭声
将军和无数长眠在这片土地上的战士
和我们的祖辈亲如一家
街巷里还回响着他们的脚步声、笑语声
听，《左权将军之歌》让多少人热血奔涌
"为左权将军报仇"的呐喊震得漳河无声
听，"中国人民从此站起来了"的宣言
如春雷扫尽阴霾，神州尽是奋进的歌声
听，《东方红》的乐曲早已——响彻太空！

将军峰

难道天地有知,在民族危难时刻
一大批华夏精英,要来这里扭转乾坤
早早就生成了这座山峰?

那挺直的头颈,健壮的臂膀,远望的姿势
定格了彭总指挥百团大战的雄风
成为太行山上一道耀眼的风景

那是一代人的化身,他们太爱这一方山川
太爱这里的人民,于是永远留下来
为华夏大地,守望和平

左权独立营——永远飘扬的战旗

左奎元，自幼习武，二十一岁成为一方豪杰
除暴安良，追随正义之师，美名至今在乡里流传
从"辽县独立营"到"左权独立营"
他接过英雄的嘱托
浴血保卫太行山

这支军队一路壮大，战绩累累功勋耀山川
挺进大别山，斗恶境斗顽敌，斗出一片艳阳天
进军大西南，文武并进育骨干，赤胆忠心守河山
抗美援朝，对越反击
独立营个个是硬汉

从一个人，到一支军队，再到一面旗帜
左权独立营以太行风骨、华夏气势
挺起了威威军魂、浩浩国魂
2015年9月3日，2019年10月1日
战士飒飒英姿，战旗猎猎鲜红
在天安门两次受阅
战旗承载着鲜红的心
永远飘扬在祖国的万里江山！

四十六位忠魂——太行山上的灯塔

自从开始写作,疲惫气馁的时候
我就仰望太行群峰
想象先辈们一手拿笔、一手拿枪
战斗在太行山上的身影:《新华日报》的将士们
背着电台、纸张、油墨上战场是怎样的艰辛?
在火线上即审即刻、即校即印又是怎样的智与勇?
他们"一张报纸就顶一颗炮弹"穿透壁垒,粉碎黑暗
终于迎来共和国灿烂的黎明!

可他们,却倒在最黑暗的时刻
长眠在太行山上
1942年夏,日军三万兵力围困总部机关
突围战异常惨烈
他们多日水米未进,舌头粘在嘴里,连说话都很困难
但仍要坚持接收电讯,撰写稿件,准备出版战讯
文将何云牺牲时年仅三十八岁
生命的最后时刻还惦记着同志的安危
他挺过牢狱和酷刑
就是因为坚信
胜利最终属于正义与光明!

女将黄君珏打完最后一颗子弹
纵身跳下万丈悬崖
永别了同在战场上的爱人
还有出生才三个月的儿子
这一天——是她三十岁的生日!
十六岁的女译电员王健和女军医韩岩宁死不屈
被活活熏死在山洞里
十六岁,她的梦想还没有放飞
她如花的生命,还没来得及绽放……
最小的勤务兵魏文天牺牲时才十三岁
十三岁,他还是个孩子啊……
四十六位忠魂,四十六位忠魂啊
在共和国的新闻史上留下最悲壮的一页!

八十一载冬去春来
他们的忠魂已融入
巍巍太行,浩浩清漳
让我读懂了
"青山处处埋忠骨,何须马革裹尸还"的忠诚
他们用鲜血浇灌过的土地
将因他们的生命而倍加欣欣向荣
他们是这方热土上无数仁人志士的灯塔
在这光芒的照耀下
我们脚下的路
将走得更加坚定!更加勇敢!更加自信!

太行鲁艺——信念的光焰

上武村"太行鲁迅艺术学校"旧址的墙上
是最早的党旗和军旗
上面凝结着鲁艺战士的热血
凝结着共和国的苦难与辉煌

刻刀、画笔,是他们呼唤正义的喉舌
每件艺术品都是一个火种
照亮根据地,照亮重庆,照亮世界反法西斯战场

战场上,他们浴血杀敌同侵略者拼刺刀
饭场上,他们给老乡读诗,唱歌,演话剧
"文艺战士"是他们共同的名字

望断山梁,多想再听听他们激昂的歌声
他们很多已在太行山上长眠了八十多年
那燃烧的晚霞正是他们生命的色彩
信念的光焰

闪光的黄豆

在第一届临时参议会旧址
我为一粒黄豆感动
它落进参选人背后的碗里时
不是文字,却比文字更有力量
它代表的是参选人的威望
是民众心里的一杆秤
闪着民主、公平、公正之光
穿越八十年岁月
照亮一个政党,一个民族

"山药蛋"开花左权红

当我们唱起"清凌凌的水来蓝格莹莹的天"
当我们念起"东头吃烙饼,西头喝稀饭"
左权的两个小山村——横岭和李家岩
就在两部文学巨著中苏醒
给我们讲述至今依然鲜活的、一个大写的——人

他瘦高个儿,穿一身打着补丁的黑色土布衣裳
扛着铺盖卷儿,斜挎一个手工缝制的黄布包就来了
他和房东一起上山捋树叶、挖野菜充饥
在家就主动担水劈柴,生火扫院
他将一颗苦果点化成甘霖,催开婚姻自由之花
他让老百姓的心声,成为新生活的主宰

他,就是人民作家——赵树理
他让"山药蛋派"文学成为人民大众的精神食粮
让《小二黑结婚》和《李有才板话》这两朵艺术之花
扎根左权这片沃土,芬芳天下人家

海，是这样汇成的

八十年时光漫过太行山的角角落落
一扇扇记忆中的老窗，传出纺车的"嗡嗡"声
这声音，给将士送暖，让敌人胆寒

一万五千架纺车，一万七千名妇女
年纺一万两千斤棉花
这是怎样的阵容？
两千一百台织布机，又是怎样的力量？
怎样的壮举？

我看到百川归海的气势，一双双劳动者的手
就是奔涌的浪花
这浪花托起南湖的红船
驶向中华民族伟大复兴的辽阔远天

黎明是这样点亮的

太行山八十年前的夜,黑得无边
一间间茅舍里,一盏盏松灯
照亮一张张忙碌的脸
她们白天下地
晚上才有空做军鞋
那脸有的稚气,有的年轻,有的沧桑
但心里,闪烁着同样的光焰

她们从十六岁到六十岁
每人每年要做三十五双军鞋
七万人的山区小县
如果她们占四分之一
一年就上交几十万双
这就是人民的军队,这,就是人民的力量
那"刺啦刺啦"的纳底声
拉碎长长的夜
迎来共和国灿烂的黎明

遇见"五里制"

遇见"五里制"时,我的心头一痛、一热
八十年前的战火与旱灾,一下子离我很近
八路军把五里内的野菜和树叶留给乡亲
他们浴血抗战,还要到五里外的山上觅食
五里之外是多远?
山高林密无应答

泥土里的队伍,更爱泥土里的父老乡亲
多留一口野菜,就能多留一条命
他们赴汤蹈火不就是为的这条根?
八百里太行,只有记住这"五里"外的苦
才能让后人,品出这来之不易的
甜!

注:抗日战争时期,日军烧杀抢掠,导致太行山遍地饥荒。为了让老百姓多吃一口野菜,八路军制定了"五里制",即:驻地周围五里以内的野菜让老百姓吃,将士们吃的野菜要到五里之外的山上采挖。

信仰的高山

"太行山高,漳河水长,刘马年是我们的好榜样。"
一首歌,一个人,一段历史
上世纪六十年代,一位普通的生产队长
为了父老乡亲永不挨饿,创造了一个时代的传奇

三九天挖水渠,他把水鞋让给体弱者
他脚上裂开的一道道口子里灌满了沙子
晚上,他要用两个多小时清理伤口,明天接着下地
生命的最后时刻,还要看一眼割舍不下的土地……

就是这样一条硬汉,带领泽城后山村村民
从石缝里抠土,将二百亩山地修成水田
三晋大地上,从此崛起一座信仰的高山
随着岁月的递增,愈加生机盎然

石匣水库寻踪

你是太行山怀里的一面宝镜
四季最美的风景都属于你
春花秋月同你畅叙情愫
黑鹳和白天鹅与你难舍难分

你可记得五十多年前,遍地弯腰躬背的身影?
他们挥舞铁镐、铁锹,用板车垃土拉石
才筑就你万米堤坝,引来浩浩清漳
他们的汗水和你一起,恩养我们的家园

请记住他们叫民工,来自全县三百多个村庄
说着不同的方言,吃着同样的粗茶淡饭
如今,他们有的作古,有的步入垂暮
看到你愈加靓丽迷人,他们一脸慈爱

"艰苦创业"和"无私奉献"在你身上
是永远年轻的精神和信仰
是百花的芬芳,是五谷的清香
我在这芬芳和清香里,成长

石佛寺听佛言

松涛碧波托起千年古刹
踏上净土,顿觉佛光护佑
暮鼓晨钟伴日落日出
沐浴辽州古地上的众生

千年石佛观千年沧桑
香客如云愿如风,一声佛号结佛缘
佛性的种子,在虔诚的心地
自会生根,继而次第花开

佛教化众生广种福田
无数众生却苦寻不见,苦求不得
在佛前不语,方能听到佛言
善因即福田,善果即夙愿

高欢云洞

云洞和我之间的一千六百多年
此刻等同于崖顶山桃花和我的距离
洞内屯集的兵马和崖下湍急的河流
皆已呼啸在历史云烟的深处

高欢欲将一座石山打造成一座云中宫殿
石柱上的火焰还在燃烧他的梦幻
笑看沧桑的弥勒尊者如今不知去处
相信他不管去了哪里,笑容都在度化众生

高欢被人遗忘,只因他是战争的代言
百姓信奉关公,源于关公是忠义的化身
在这座石头开花的杰作下
我,只是春风里的一朵悠悠伞

禅房古桥

伫立于禅房村明万历年间的石桥上
拂过脸颊的是四百多年前的清风
耳边，是百姓们的欢天喜地
触手，是贤臣张九诚的赤子情深

精美的石雕，一花一叶皆是祈愿和昭示
东西双桥，渡富人培德，渡穷人养志
桥头的关帝庙和奶奶庙，布洒忠义与慈悲
加持古村繁衍生息，人杰地灵

古桥，无声地讲述着一个关于
"修身齐家治国平天下"的典范
一边怀念故人
一边激励后人

古崖居

古崖居让农耕文明的源头触手可及
嵌入山岩的斗室,如襁褓中的婴儿
还在聆听太阳和月亮,给他们弹唱古老的歌谣
满山的老树曾是一茬茬攀岩稚童的伙伴

土炕头和石灶台上,还留着与世无争的欢喜
小门小窗里溢出的恬静和安详令红尘倦客黯然
山外的世界离这里很远,这里的人唯一认得
崖壁间天生的石龙,是护佑他们的神

心有所依的崖居人无挂无碍
千年沧桑亦如白驹过隙
苍鹰和流云俯瞰披着现代文明外衣的游人
洞察谁心里有座古崖居,谁便水火不侵

五指胜迹——手托崖

一

不管这手印是二郎神的还是鲁班的
都是教化后人知行合一,有始有终
上面发怒的脚忘了累及众生
下面托崖的手心怀悲悯

二

这个手印在昭示什么
我久久凝望,耳畔传来一个声音
指外:天、地、君、亲、师
指内:仁、义、礼、智、信

三

伫立崖下,崖上那只张开的右手就是我的
我在推什么?远处叫理想,近处叫欲望
欲望长高时就像这石崖一样危险
我推开它,轻装前行

太行神女峰

你是山崖上真实存在的人
你存在了百年，还是千年
自从被灵犀相通的眼睛发现
你就活在人们的心间

你不像少女，也不像少妇
你是太行山所有母亲的样子
满脸的慈爱让游子倍感温暖
眼睛里的怜惜让虫鸟不再孤单

百花争艳的季节，你和大地一起欢喜
五谷飘香的时令，你和农民同声歌唱
这方山水、这方人，都是你的亲眷
你时刻在为我们祈祷喜乐安康

在文峰塔下

一

你是古代文曲星的化身
是一方人热爱文化的代言
你闪着文明、智慧之光,照亮
一代代莘莘学子向往的高度
他们顶礼膜拜你的那一刻
心里就升起一颗文曲星

二

仰望,在远离喧嚣之外
站立文峰塔下,看塔尖直刺苍穹
听见青春时放飞的梦
用一声长长的哨音
把尘世的困扰喝退

三

一朵云在塔顶和我久久对视
安详、从容而豁达
远处灰蒙蒙的迷雾下
是我居住的地方

我只有站在塔下
才能和它零距离对话

四
下台阶的时候,志军总会扶着我
他怕摇曳的树影,在我弱视之下乘虚而入
一只手的搀扶让我很踏实
零乱的影子摇摇头
奈何我不得

龙泉

老院薄薄的暮色里
夏日的微风，托起父亲敬畏的声音
童年的我驾着星光
飞向三千年前的龙泉河
看一个村姑帮一位仙翁洗袈裟
村姑怕河水冲走衣扣
含在口中却不慎吞咽
不久，十龙神诞生了

长大后，我见到了龙母洞
见到了龙泉飞瀑
望着高高的山崖，葱郁的藤蔓
我看到风里雨里给女儿送饭的母亲
才明白，龙口的泉水为何奔流不息
原来，它在阐释母爱

如今，龙泉的美景闻名于世
我无数次用自豪的神情
给远方的朋友，讲龙泉的故事
讲——我的故乡

龙泉红叶

一

翻开浣纱湖的碧波

追寻千年玉女的倩影

只因上苍赋予的使命,她尚未出阁便化身为神

与她的龙子们一起

福泽天下苍生

她太想念为她牵肠挂肚的母亲

也太爱这一方故人

见百花和五谷的归程有些清冷

便把红妆,扮给这漫山遍野的丛林

二

点将台上,早已不再排兵布阵

棋盘石前,不见周宣王与鳄鱼精斗智斗勇

三仙洞里,赵氏姐妹的威风换成了笑容

远去了千亩大战的鼓角争鸣

为何还见战旗猎猎鲜红?

哦,邪不压正是亘古不变的定律

这一面面旗帜仍在昭示:正义与光明

三

历史的风雨,把苍穹洗得无边纯净

绝顶上飘扬着,古寺悠远的钟声

梵天佛地的圣境,讲述远古的繁盛佛道儒相融的光芒

如落霞一泻千里

点燃这满山秋色,相拥游人澎湃的激情

看,每一团火焰都闪耀着华夏文明

每一个火星,都是

智慧的火种

土门豁

一个多世纪前,这里
被一道山梁分界南北
岭北一位开酒坊的王姓义士
用半生积蓄打通山梁
那个像门一样的豁口叫"土门豁"
生养我的村子叫"土门"

从最初的驮煤小道,到二〇七国道
这条路见证了百年沧桑,历史巨变
逃荒难民来这里开山种地繁衍生息
抗战英雄来这里驱逐倭寇浴血太行
合作化的喜气依稀回荡
农业学大寨的热潮雄风犹存
改革开放的车轮载来包产到户
新世纪的凯歌唱响攻坚脱贫

如今,土门豁已是敞开的大门
门里,是故乡
门外,是远方

石台头姑娘的启示

一个美丽的传说,诞生在古老的石台头村
一个呆傻的村姑,后来成为母仪天下的皇后
于是,留下一句"石台头姑娘不用看"的美谚
告诉后人——美,需要一双慧眼

村姑登上凤辇的那一刻美艳惊人
原来,美并不是外表的张扬
修内,一定大于修外
她成为皇后的那天
正是她内在美爆发的一天

谁,读懂美的真谛
谁就能创造美的世界

不老的扇子

细细的竹签是你的骨骼
飘逸的彩绸是你的红妆
你在辽州古地上翩跹千年
任白云苍狗,你自红颜不老

是这一方山水造就了你
还是你点亮了这一方山水
你让草木萧条的季节活色生香
给负重的岁月找回童真的笑脸

你在悠扬的弦乐中似蝶飞舞
在铿锵的鼓点中如花绽放
演绎千般神韵,万种情思
为耕耘希望的人,撒下幸福的种子

中国梦之根

中国梦之根
在甜美的童音上
那纯真的眼睛里没有忧伤
只有鸿鹄飞翔的翅膀
还有露珠闪动的七彩阳光

中国梦之根
在温馨的窗户上
那柔和的灯光里没有迷茫
只有并蒂连理的芬芳
还有比翼蓝天的心灵交响

中国梦之根
在朝气蓬勃的校园
"两弹一星"的信念在展绿
"嫦娥奔月"的畅想在怒放
一棵棵小树
正在茁壮成长

中国梦之根

在铁骨铮铮的军营
圆明园的孽火还在心头作痛
卢沟桥的枪声还在耳畔回响
多娇的江山
决不再次受伤

中国梦之根
在日新月异的工厂
在四季丰收的农庄
在浩瀚的宇宙
在壮阔的海洋
在"状元"层出不穷的
三百六十行
在每一个
有中国人的地方！

中国梦之根
汲取的是
华夏五千年文明的滋养
长出的是
巨龙腾飞的
壮丽华章

人文篇
——在喧嚣外找到丢失的光

日月星辰

黑夜和白昼,是扯不断的双色麻匹
自古以来,一直在编织一个大网
每个朝代在上面打无数个结
见证正义与邪恶、光明与黑暗的较量

苍生,是麻匹上的微尘
一层覆盖一层,他们的喜怒和哀乐
演绎着沧海与桑田的容颜
人之初的光鲜,越来越稀薄

大地被贪欲之火熏染得越来越昏暗
寻求光明的人,都在与日月星辰对话
那是我们的古圣先贤,谁被这光芒照亮
谁,就不会被黑暗吞噬

向万物低头

泥土一直在布施

人,不谢

季节始终在持戒

人,不觉

草木更懂忍辱

人,不见

日月天天精进

人,不学

大地在禅定

人,不悟

河流每一个音符都是般若

人,不解

向万物低头

才有灵性的觉知

我是谁

很多次，我觉得自己并不存在
那个弱视的女子是我的替身
缺憾赋予她必然的使命
磨炼她的思想，造就我的灵魂

那个爱写作的女子也是我的替身
她的喜怒哀乐也是花鸟鱼虫的语言
过去不留影，未来无寻踪
我，只是时空里的一粒微尘

微尘也不是一个模样
发亮的、灰暗的，静止的、飞扬的
发亮是阳光的功德，灰暗是自己的真相
静止是在反省过失，飞扬是为众生歌唱

哦，原来我有很多个样子
她们是我非我，我是她们又非她们
有我是虚，无我是真
我来自虚空，最终归于虚空

这一刻

正在修建的庙宇给两种人安家
一种心无挂碍,一种心有挂碍
尚未彩塑的菩萨
仅用泥土的觉知,即可平复浮躁的气流
一辆辆豪车抛开尘世的喧嚣
前来寻求一席宁静
佛音声声,将披着三千里风尘的我
召唤到法会门外
门挡不住佛光
佛光沐浴每一个众生
这一刻
人无尊卑,身无高矮
人是佛,佛是人

这一念

小时候,觉得佛在老家山上的石洞里
去敬香的人,在那里都善良谦卑

长大后,得知佛在更多的庙宇里
朝拜如愿者都说灵
他的笑和佛的笑,隔着九重天

再后来,发现佛在每一个善念里
这一念,尘也放光,雨也芬芳

朝拜黛螺顶

朝拜黛螺顶的路上
没有人口出粗言
没有人乱扔垃圾
安静与祥和就是一道道佛光

体弱者气喘吁吁，呼出腹内浊气
体健者步履轻快，抖落往日尘埃
拜佛的路就是一把拂尘
将朝圣者的凡心俗念清扫得干干净净

坡道布满乱石和坑洼
越是畏惧，前行越慢
把坎坷当平路走的人
不是智者，也是勇者

香客如云的黛螺顶
唐朝法念大师悟道的不老松
禅机撒播了千年
哪怕拾得一枚种子，也没白来

一千零八十个台阶的大智路,接近垂直
倘若一个台阶即是一悟
世间智者将多于愚者
承认自己是愚者
智慧之光才照得通透

走三步磕一头的朝拜者
旁若无人,一心向佛
从他们身上,我看到
佛的力量

拜谒打坐石

一座山,因为一块石头
几百年来从未沉睡
憨山大师打坐的清凉石
给佛光普照的五台山
点缀了一颗触手可及的星辰

坑洼不平的小路
布满大师的足迹
每一个脚印里,都写着
一段沧海与桑田

半悬空的清凉石,早已随大师禅定
任松涛喧哗,任泉水奔腾
让簇拥他的山花告诉世人
国泰他心安,民安他心宁

久违了,红嘴鸦

我以为此生
再也见不到你了——红嘴鸦
没想到你在五台山的憨山寺等我
你用婉转动听的歌声告诉我
我们缘分未尽

三十多年前,母亲带一位你的族亲回家
它太小了,从崖上掉在路上,没了亲人
一个纸箱给它做了安身之所
一个折断的小勺子是它的餐具
母亲用水泡了米,让我来喂它

没过多久,它就开始低飞
黑亮的身体追着我煮稀饭,拿煤炭
我怕失去它,顾不上陪它时
就用木板压住箱子

一天上午,我喂了它就回屋看书
我听见它想出来的叫声
以及翅膀抗争箱子的声音,但我就是没理会

当我再去喂它,它已闭上了眼睛

我哭,我喊
它却再不吃米,也不再抗争
母亲说你们是有灵性的鸟儿,它是生生气死的
从此,我望遍山林,再没听到你悦耳的歌声

感恩你在佛山与我邂逅
能向你当面忏悔,是我此生的幸运

修路人

下了一整天的雨
暴涨的溪水
将憨山寺沦为一座孤岛

一块木板架在断桥两边的石头上
支起一条单薄的通道
陡峭的坡道依然是行人最大的阻碍

一位年轻人拿着镐头
在坡道上默默修路
一下,两下,三下
一个台阶刨成了
他一下下踩平
接着刨下一个台阶

年轻人告辞了憨山寺
人们走在他修好的路上
读懂了,修行在脚下

听路说

雨天的路格外清静,赶路的人
带走一片雨,雨也洗净了他的脚印
婆娑的树影取代了熙攘的人影
美得心无挂碍。所有热烈、梦呓
甚至扭捏,都没了踪影

我驻足,听见它的絮语:
我的起点在世人心里
终点在佛陀手里
种种光,赋予我种种色
很多人,便迷失了自己

不要问

不要问,那朵云来自天葬谷还是敖包
与你相逢,就是最美的绽放
你收下它的洁白,也要还它一片纯真

不要问,笑容和眼泪哪个更珍贵
给笑容开垦一片土地,你将收获花朵
给眼泪收集一片月光,它必不染尘埃

不要问,一个赶路的人要去往哪里
他身上尘土的味道就是证明
送他一碗解渴的水,就好

高度

有人想借大树的枝干,到达期望的高度
大树叹口气:我的身躯再高
也无法取代,你生命的矮小

山峰指着满山攀登的人说:
来吧,我帮你丈量人生的高度
你备足了勇气就好

天空说:谁把我装进心里
谁就拥有别样的高度
可,很少人这样做

镜子

言语
一面镜，照见
当下心

神情
一面镜，照见
远和近

念头
一面镜，照见
来去踪

善恶
一面镜，照见
果和因

空

天，倘若不空
如何承载风云雷电，日月星辰

地，倘若不空
如何生长万物众生，春夏秋冬

时间，倘若不空
如何容下沧海桑田，亘古至今

人，若不学会清空
如何丢掉黑夜，拥抱黎明

无望的人

花草的种子里
包裹着无数个前世

大树的年轮里
记载着所有往昔

人,想知道自己的轮回
唯有和灵魂对话

可,有的人连脚印都没有
去哪里寻找灵魂

年

年,是一道敞开的大门
心胸宽广的人
门楣是天、门槛是地
心胸狭窄的人
因负重累累,门被塞得拥堵不堪

年,是一个分水岭
眼界宽广的人
早已把山重水复丢在身后
目光短浅的人
把柳暗花明也看成荆棘丛生

年,是一面镜子
善于检点的人
照见身后一路的不足
自以为是的人
把天高地远的风景
放到镜子里沾沾自喜

"六一"回眸

三姨给买的花布料
美了整个少年时光
母亲给装进兜里的鸡蛋
香了岁岁年年
红领巾和奖状
照亮昏暗的教室和老屋
辫梢上的红绸子
无论像花儿还是蝴蝶
都能鼓动心儿,起飞

家对面的山梁,扛起了祖辈沧桑
却扛不起我无法预测的风雨
门前的老树,挂得住日月星光
却挂不住我用童话编织的幻想

到了"知天命"之年
才知雨天雪天都是命运的恩赐
守住太阳和月亮,就守住了心之光
而知道自己
则是一生的功课

距离

看热闹的人群,隔开我与街头书法家的距离
霓虹灯,隔开了墨香与看热闹人的距离
音响和大屏幕,隔开了夜风与古风的距离

写字的老人一脸凝重
蘸墨时旁若无人
行笔时仿佛与东坡、板桥对视

"诚信赢天下""家和万事兴"
识字和读懂之间的距离
如同星星与星星的距离

我将仰慕留下,默默离去
墨香追了我好远
我的影子追了路灯好远

毒

香烟是毒
燃烧在很多人的手里
他们宁可在烟雾里享受五分钟
也不愿给余生留五天健康

赌博是毒
它用魔鬼的牙齿,天使的笑脸
让很多人宁可在牌桌上一掷千金
也不给妻儿留一碗粥

功名是毒
一个镀金的玩物
不知不觉让无数人昏昏然
把心里的至爱当成垫脚石

利禄是毒
它藏在握手的热情里
你很难预料敬你的酒
哪一杯会让你万劫不复

听毒药发作

一个遥远年代的往事
伸出尖利的长钩
刺痛我的心,直至每一根神经
因为阶级不同,因为心怀妒忌
生命就可以残忍践踏
用荆棘条抽打赤裸的身体
用刀子一寸寸剥夺呼吸……
我的听觉忍耐到极限
朋友用念珠,为那些灵魂超度

我发现,浑浑噩噩之下
毒药和营养很难区分
有人把毒药当营养疯狂汲取
有人视营养为毒药拒之千里
于是,众生慧根难求
于是,苦了地藏菩萨

五色线

小时候，一到五月初一
手腕和脚腕都要系上五色线
母亲说，是为了防御草丛里的五毒虫：
蛇、蝎、蟾蜍、蜈蚣、壁虎

长大了，才知五毒无处不在
世俗指：坑、蒙、拐、骗、偷
佛家指：贪、嗔、痴、慢、疑
这才明白，五色线应系在路标上、意念上

我的五色线已定格在远去的少年时光
那里纯净得五毒不侵
回望它时，才见
它已系在灵魂的指端
伴我一路前行

今早，虔诚地诵读一遍《金刚经》
祈愿给意念所到之处
都系上一条五色线
亲友安康喜乐，世界天清地宁

向日葵

曾经,想把生活雕琢成春天的样子
把身边人雕琢成花开的样子
以为挥汗如雨,一准如愿

虚幻的美碎裂,割伤十指
眼泪,只会被荒芜取笑
忽视了自己,是最大的失误

幸好,自己没有被毁容
赶紧把自己,雕琢成向日葵的样子
面前,也随之开满了向日葵

一包芥子

在一堆旧物里翻出一包芥子
时光翻了个跟头
那时母亲还能种地
我刚成家,却并不懂婚姻
金黄的颗粒散在手心,眼窝被灼得生痛

母亲总是在缺苗处补种小芥
秋风里,她一边收割,一边感叹:
唉!人吃土一辈,土吃人一口
最终,她用"一口",还了土地给她的"一辈"

芥秆在炕洞里噼噼啪啪燃烧
照亮父亲的脸,照亮老屋
照亮我的心跋涉苦难
热炕上不知忧愁的我,被时光掩埋

芥子:中药名,味辛,性温
归肺经,温肺豁痰利气,散结通络止痛
放了二十多年才知道,它是婚姻的一味良药
至于生活的味,不用调,品就行

和解

失眠的夜里
烦恼长成一篷乱发
梳来理去,都无法
编成自己喜欢的样子

生命和心
到底哪个先老去
负重只因放不下,何苦在
本如流水的时空里颠来倒去?

让一切各回各处吧
枯萎的就别再复活
与自己和解
融入一片空阔

爱情的语言

看,山顶那丛花多美
你等着,我去给你采来
不,我们一起去把种子摘下
让它开在我们的门前

下雪了,我好冷
不怕,把我的棉袄穿上
不,我们一起备些柴薪
放在檐下过冬

路太崎岖,我好累
知道,你靠在我的肩头睡吧!
不,你也累了,我们相依而眠
醒来继续前行

亲爱的,我要先走了
你用微笑为我送行好吗
好!亲爱的,我应该高兴
在你生命的最后时刻还有我

对不起！亲爱的，我负了你
不，亲爱的，在我们共有的日子里
你为我储备了那么多欢笑
足够我用到生命最后一刻

暗恋

暗恋过一朵云
风,不由分说把云带走了
暗恋过一朵花
蝶儿,把花的心带走了
暗恋一座山
山承载着众生的期望
暗恋一条河
河水有远方在呼唤
最后只剩下自己
和天地对话

重逢

自从一个虚幻的身影
消失在路的尽头
我就无数次盼望重逢
走进记忆的雨中
打开那把忧伤的伞
听山泉如琴,鸟鸣声声

当重逢的手
把记忆的画卷突然打开
才发现所有的风景
早已被岁月的薄暮掩盖
那河水依旧清澈
照见云儿在飘,鸟儿在飞
云儿载着洁白的情思,淡淡的伤怀
还在河面久久等待
鸟儿听得明白,飞向地平线以外
寻找天尽头的未来

我走近河水
想听听水流的声息

浪花问我：你是谁
伤感的热风滚过心头，眼泪问我：
你何时筑高了堤岸，剥夺了我的自由
我无言以对，把薄暮拉得更严
生怕给这景致染上
一丝尘埃

敖包有感

在浅灰色的天穹下
我们一群人唱起:
"十五的月亮升上了天空哟"
石头垒起来的敖包笑了
装饰敖包的彩带
在微风中笑得嘻嘻哈哈:
"可爱的人儿,牧羊姑娘
早已飞出天穹之外,我也只能
在她的梦里期待"

彼岸花

穿军装的大杨哥又高又帅
带回村的新嫂子红裙子、红色高跟鞋
她走不了山路,大杨哥就背她走
她咯咯咯的笑声点燃一路火焰

从此,我给大杨哥爹娘送去的信
学校的凤姐再没偷看,她那
素白的衣衫,像极了
千年崖上的积雪

新嫂子是大杨哥首长的女儿
他宽阔的肩膀能扛起房梁
却扛不起高大的门楣。后来听说
他疯了,再没回到故乡

无数次,恍惚间我看见
一红一白两种彼岸花
盛开在大杨哥的
身前,身后

朋友

晃子从来不洗手脸
他吃自己做的饭,人们咧着嘴看
邻村庙会后,晃子逢人就夸他的好朋友黑小

黑小和他一样,给周边村子放牛
黑小将做供品的烧饼油条,给他收拾好几面袋
他放到柴火炕上焙干,够他吃好多天

一天,黑小在暴雨中追牛滚下山坡,没了
晃子听说后,炒了一盆他俩最爱吃的土豆粉条
带了一瓶酒,在路边的荒地遥祭朋友

时不时有豪车停下,打问晃子为何哭成那样
他们听后,怔怔地发会儿呆
有的额头冒汗,有的脊背发凉

偶见

早晨的阳光,把一个完整的窗户
反射到我的窗帘上,好美的一幅画
我瞬间联想到最美的友谊和爱情

不等我欢喜尽兴
窗户一点点变淡消失
我回到平常
回到生活和人生的真相

因为云雾,因为忙碌
这光与影的杰作太难见到了,再想
如果它停下来,是不是也就不美了

泡泡

散步时,一个大大的泡泡从我脚边滚过
后面,两个聊天的女人
带着两个吹泡泡的女童

一个装扮时尚:"他在外面爱怎样怎样
有我好吃好穿好玩就行,男人
你抓得越紧,他跑得越远。"

另一个面色灰暗:"都说我跟的人有能耐
可心里要是堵得厉害,活着还有啥意思?
要不是孩子,我真不想活了!"

我停下来让她们走过,我看见
无数个泡泡在她们面前破灭
泡泡滚过的地上,一片荒芜

活着

门诊室外,白裤子女人抱怨声很大:
她淋了雨,又拉了裤子,真是……
老婆婆呆呆地站在旁边
像在听别人的事

收费窗口前,老婆婆一遍遍
数着手里的钱,说不够
白裤子女人用冷眼回应
处方上的药,被一个个划去

老婆婆跟在护士身后去输液
白裤子女人迎面碰上一个熟人
夸她真是个好媳妇

萤火虫

山村的夏夜,不管有月无月
萤火虫都能点亮一道道风景
小孩子想抓它玩耍,总会被大人呵斥
他们因此明白,对美的毁灭是一种罪过

它助车胤读书的典故,照亮无数智者
贪欲的迷雾,却让越来越多的人堕入黑暗
当日月之光遥不可及的时候
萤火虫也是光明的使者

知了

知了在老榆树上叫个不停：
知了，知了
树下的荒草痛苦地摇着头
几朵小花瞪着眼睛问：
袖口沾着饼香的奶奶哪去了
看着灌浆的谷穗，笑着磕烟袋锅的伯伯哪去了
羞答答的姐姐哪去了
背着书包唱歌的小伙伴哪去了
不安分的黑狗和调皮的花猫哪去了
太阳朝知了"哼"了一声：
你说谎！

寂寞的村庄

路灯和云朵一低一高,俯视着村庄
水泥硬化过的路上
偶尔走过一个留守妇女或老人
一条狗,一只猫偶尔跑过
他们或它们,都找不到交流的伙伴
鸟儿在绿叶间叫了一声
不明白这是人间还是森林
蝴蝶茫然地飞
找不到栖息的花朵

雨声

淅淅沥沥的雨声,是土地在哭泣
人们沉迷在金钱的万能里
宁肯吃掺假的粮食,也不愿
用犁铧翻开,祖辈的嘱托

五谷神也在哭泣,几千年来
它以五个谷穗秀在一个颈上现身时
主人必然将它插在金黄的谷堆顶端
焚香,顶礼,膜拜……
为什么它熬过了战火和饥荒
却在文明时代被土地遗弃

迟来的雨

已是白露为霜的时令
雨,开始缠绵
五谷闭上绝望的眼
早已忘记了干渴
淋湿它的,
是农民寄存在烈日里的汗液

昏睡的五谷穿过土层
闻到了剩饭剩菜的腐臭
还有酒足饭饱的狂欢
它们的眼泪被无雨的云层吸收
这才潸然落下

影子

太阳想把世界照得一片光明
却让各种影子纷纷亮相
正的斜的站的爬的
坦荡者自顾赶路
提心吊胆者责怪太阳
太阳不语,从容前行
他又责怪眼睛
智慧的眼睛和阳光一起奔跑
丢下愚钝的眼睛和影子
纠缠不清

门

夏天的帘子挂在冬天的门上
春联上的喜气早已褪尽
留下苍白的心思任寒风戏谑

灰尘试图掩埋桌上的逢场作戏
穿过纱眼,却穿不过玻璃
门里的天高地阔与季节无关

闻声而来的人想进去探宝
却不知该穿单衣,还是棉衣
门里想回家的人,被帘子上褪色的郁金香吓住

伤痕指数

老是哭着喊疼的人，不管他
三十还是六十，一定还是个孩子
他用别人嘴上的怜悯止痛、眼里的同情取暖
全然不知，为他遮风挡雨的人正在老去

蹲下来抱住肩膀自己取暖的人
在暗夜里独自舔伤口的人
都在拔节成长，因为他们
没有见过大树流泪，没有听过雄鹰哭泣

总是对太阳和月亮报以微笑的人
很大比例承受过伤筋动骨的痛
血痕和泪痕早已融入他生命的根
他深知：老天的雨是磨炼，自己的雨是毁灭

出租屋

近在咫尺的楼房
将低矮的出租屋隔绝在，少天无日的地带
门窗上厚厚的冰花
日夜守着冰窖般的屋子
蜂窝煤火时不时，让水龙头停止呼吸

一个破脸盆，几把干树枝成了救星
门外的风左拦右挡，不让烟出去
大把大把的眼泪，是迎接温暖的最高礼遇
愁绪，凝成飘雪的云
身和心，都流浪在冰天雪地

一无所有的日子，就出去收获阳光
我和丈夫像两只流浪猫
在墙角贪婪地转动身躯
一边感恩阳光的恩赐
一边祈求多一个好天气

世道

阳光铺开绿茵茵的草坪
鸟儿飞起,蝴蝶落下
酿出一片欢乐的海

一条小道从草坪中穿过
很多声音说:这是世道
想走快,你也进来

我默默绕开
生怕小草的眼泪
烫伤了脚踝

当我抬起头来
已走上大道
面前正冰雪覆盖

这时,冰雪对我说:
大胆前行吧,从我身上走过的人
才能拥抱自己的春暖花开

十二生肖偶感

鼠
你是狭隘和龌龊的代言
苟安于不见天日的洞穴
阴错阳差让你偶发淫威
被你戏耍的猫儿欲哭无泪

牛
自从告别了刀耕火种
你就成为人类的朋友
你负重耕耘恩养人类
最后，你的皮肉甚至骨头
也喂养了人类的贪欲

虎
在莽莽苍苍的森林，你威风八面
只求饱腹从来不贪，更不懂人类的诡计
不幸落入马戏团的魔爪，让你受尽凌辱
你发自灵魂深处的怒吼，也唤不醒
凶残贪婪之辈的良知

兔
你美丽聪明,健步如飞
但跑得再快,也跑不出人类的贪念
藏身处再多,也逃不出
皮毛带给你的灾祸

龙
你是洋洋华夏信仰的图腾
你是古老民族无往不胜的标志
当欲望的浊浪把天地搅得浑浊不堪
你抖一抖鳞角,便能让世界祥和安宁

蛇
诡谲凶残是你的天性
谁和你狭路相逢,便注定在劫难逃
你的贪欲永无止境
但最终逃不出,自己选定的巢穴

马
你穿越千年的刀光剑影
为一代代帝王开辟歌舞升平
当现代文明把你遗忘在记忆的荒原
你依然是志者的榜样,坚信伯乐终会与他相逢

羊

你生存的智慧,系在头羊的铃铛上
当屠刀举在你的头顶,也无力反抗
但你跪母的衷肠,时不时
让丧失天良的人羞愧难当

猴

你迷失于自己的聪明伶俐
主人的花招让你欣喜不已
你在调教的皮鞭下忘了哭泣
直到被主人抛弃,早已不是最初的你

鸡

是你欠了人类,还是人类欠了你
这样的轮回太过于悲催
你把儿女,甚至生命都献给人类
你从不哭泣,人类从不忏悔

狗

天性的忠诚,让你从不在意主人的尊卑
但主人的天性却决定你的命运
善良的主人视你为友,残暴的主人心无悲悯
你不是不想逃离,是逃不出自己的宿命

猪

你已接受了命运的不公

贪婪的人还要拿你算计

注水肉、瘦肉精,践踏了你最后的尊严

殊不知他们数钞票的狂喜,撞开的是地狱之门

自然篇
——日月花草都是我的知己

月牙儿说

我,生来就是个月牙儿
我用一生的力气,追赶圆月

我在春天孤独地奔跑
再美的花儿也不敢停留

我在夏天无助地奔跑
常常任风雨把我淋透

秋天,别人喜获丰收
我捧着一株青苗,笑出了眼泪

冬天,我怕冰把我滑倒,雪把我掩埋
紧紧拽着西风的手,期待东风

六月的海

壬寅年小雪节气之夜
我梦见自己出版了一本新书
书名叫《六月的海》
封面是彩色的字、彩色的帆
我欣然打开,看到一张张亲切的脸
时刻牵挂我冷暖的长辈
搀扶我走出逆境的恩人
文学路上的恩师、相知相惜的好友
我正要阅读其间的文字
面前出现了真实的大海
展翅飞翔的海鸟、辽阔湛蓝的海水
我在欢喜中醒来
哦,海是书
书,是我的心

我的水源

老家自古缺水
父亲却给我取了个离不开水的名字
我闯过荆棘,走过崎岖
找到先祖留给我的一棵树
年年春夏依在枝头
仰头望云霓,低头拥大地

这才明白,我的水源
应是——上善若水

失与得

缺憾和苦难是我名片的正反面
未品尝苦难时,我常常怕触碰缺憾
当我把苦难酿成酒
缺憾已长成一棵粗壮的树

有人随意攀折,我有知无觉
他看到的是我的一个影子
我看到的,是试金石上的划痕
我看的,比他看得真

收下我名片的人,送我的都是金子
雪中的炭,雨中的伞
发自心底的祝愿,还有
心手相牵的——暖

无踪

知天命之年生日这天
我突然想看看一生中有几个
公历生日与农历生日重叠
我用不足两分钟翻看了
前五十年，后三十年
结果很失望

瞬间，在时光的漩涡里
我听见自己的第一声啼哭
父亲和母亲用亘古的慈爱迎接我
人生最幸福的时刻
我却浑然不觉

我闻到母亲的奶香
我用力吸吮每一滴甘甜
与我的血液融合
从起点，一直流向终点

我看到自己在老院里蹒跚学步
蝴蝶和我围着母亲栽的牡丹花嬉戏

头顶的小果树叶笑得嘻嘻哈哈
石缝里的小草也欢喜……

我伸出手臂
想抓住一个个自己
却被漩涡越推越远
在浩渺的轰鸣里
我只是
一滴
水

冰凌花

小马

一片茂盛的草原
没有绿色
一匹奋蹄的小马
仰天嘶鸣
三十年后
我听到了它的声音

花儿和蝴蝶

那花儿千娇百媚
却没能姹紫嫣红
一只蝴蝶傻傻地飞来
等待无望的芬芳
太阳升起
送上五彩斑斓的梦
瞬间
它们眼泪纷纷

寒梅

天空给你的叶子
染上晶莹的蓝
霞光给你的花瓣
镀上剔透的红
原来，卑微孱弱的你
也是天地的精灵
也可以这样娇艳
多年后，当我面对
尘世的诡谲和喧嚣
依然有你
和我的心
做伴

注：小时候住的屋子冬天非常冷，小小的玻璃窗开满了冰凌花。母亲说上面长什么明年就收什么，我从上面看到各种庄稼和各种花草，还有蝴蝶和小马，它们陪伴我度过一个又一个美丽的早晨。

融化

天蓝得无边
草绿得无边
人和天很近很近
蹲下来,融化成
草原上的
一棵草

做伴

在蒙古高原的天路上
彩虹拥抱我们的时候
晚霞朝我们涌来
惊喜把天空填得满满
夕照中,牵手的背影
把天路描成一幅写意画
在这美妙的时刻
天、地、人
相拥做伴

在天边

我是云端滑落的一缕风
飘浮在大草原的肌肤上
寻找少年时放飞的梦

蓝天的脸
贴着我飞扬的发梢
倾听我心底的热爱

白云与我牵手
从天边的来路
奔向天边的去路

人当如草原

浓雾来时
脚下只有路
大雨来时
眼前只有天
只要记着抬头
彩虹一定在天边

天晴时
白云可扯下做衣衫
望远再望远
那层层叠叠的绿
铺垫无尽的梦幻
策马扬鞭心无挂碍地飞吧
天属于你
你才属于天

夜过蒙古高原

雨,把期待中的星星掩蔽起来
让蒙古高原的夜黑得纯粹
成为远方风景的一处留白

巨大的黑夜让我顿感孤独和渺小
假如此刻我独自置身其间,哭吗?叫吗?
不,那样只会被恐惧吞噬得更快

这时候,镇定才是最明智的选择
再把心一寸寸放大成蒙古高原的样子
接受雨的洗礼,积聚最美的日出

嘞嘞车

类似于老家的板车
草原朋友叫它嘞嘞车
它拉过农奴时代,拉过游牧生活
被现代文明遗落在寂寞的草场
"快上来,都上来"一声声呼唤
把蓝天上仅有的几朵白云惊落
给飘飞的彩色衣裙打底
草原的辽阔盛不下我们的热情
一个劲儿地向天边蔓延
驾辕的老李躬背抬膀
笑成一朵舞蹈的向日葵

时光

在喧嚣的尘世中
你是太阳的眼,月亮的脸
在四季更迭中
你是百花的香,五谷的甜
在历史长卷中
你是江河的歌声,山川的魂灵

对于我,你是荆棘丛中搀扶的手
是一起看花开、听鸟鸣的笑脸
是逢暑遇寒时的满心牵挂
是陪伴我度过黑夜的灯盏

我握紧情意拥抱日月
我收藏温暖抵御严寒
有人说你不留踪影
你却给我风光无限

青春

青春
是刚刚破土的草芽儿
一场薄薄的春雪
就可以把它掩埋
它非要用嫩嫩的鹅黄
拥抱漫天的阳光

青春
是席地而开的尖草花
花瓣小得如米粒
花朵还不如一粒石子大
它就是要欢喜地开啊开
那自信可以和星星对话

青春
是漫山遍野的桃花
生怕不让自己开似的
一开就开个无边无际
当绿荫叫来夏天和秋天
它的美早已越过了冬天

云海日出

天还不亮,日月星庄园的观景台上
已聚集了很多看日出的旅人
天色渐亮,云层却渐宽渐厚
不少人把失望丢在下山的路上
只有满怀信心的人
留在山顶和云层较量

终于,一片鲜红
在云海深处撕开一个口子
那轮倔强的旭日
在那一汪鲜红的欢喜中
生生跳了出来
像青春的花朵,似透亮的童心

日出,从来不会因为云层的遮挡
忘却震撼心灵的时刻
云海日出,比晴天日出更壮美
也更有力量
它属于,藐视云层的
眼睛

风花雪月

风

你翻山越岭奔赴一个约会
在悠悠伞的漫舞中畅想
在海棠依旧的婉约中
撩开一扇窗的期待

花

细雨敲开你的心扉
蝶儿牵走你的伤怀
只有蜜蜂最懂你
把你的芬芳酿成醉人的甜

雪

你怕草儿凄清
你想把沟壑填平
你用尽全力把悲伤掩盖
你想让世界和你一样纯净

月

诗人同你对饮
恋人对你抒怀
游子把你当家
你，是我的心

相知

相知是诗
如同星星
知道星星的心思
浩渺的宇宙里
一颗星读懂另一颗星
就是相知

惊蛰

如果不是表妹家的雪梨银耳汤
我都不知道惊蛰节气已到
万物复苏，百虫醒来
我，却浑然不觉

节气，从来都与故乡、母亲密不可分
这两样我都没了，我成了
一支脱落的羽毛，栖息在
小城一隅

小雨和霓虹灯，让道路
在真实和虚幻中延伸
我想，此生大概不会再迷路了
此念让我一惊，难道
不迷路的人，就一定清醒吗

蒿草

在迎春花还没睡醒的时候
巴掌大一片新绿,在萧条的绿化带一角
越过枯草,兴奋地和我打招呼

老家的山上到处都是,我像遇到一位故人
蹲下来迎上它的笑容
它的每一节枝叶都咯咯有声
笑给大地母亲,笑给懂它的人

路过的人不屑地说"臭老蒿",我的心一疼
揪下它一缕笑容闻闻,却闻到独有的清香
矫揉又造作的人,远不及它赏心又悦目

是谁的俗念,剥夺了它与迎春花媲美的权利?
难道只因它矮小得
随时会倒在一只狂妄的脚下
它没有太多顾念,只管在春风里欢喜

我家的仙人球

一株仙人球,从遥远的南方来到我的阳台上
她孤独,有刺,喜欢太阳
以天生的勇敢、坚韧,挺过了北方的寒冬

春天来临的时候,她长了一个毛茸茸的花苞
但没开就落了,留给我一个青涩的梦
像极了,我的青春

又一个春天,她长了两个花苞
姐姐紧贴泥土,妹妹在另一侧高处
姐姐用力昂起头才肯开花,给妹妹做榜样

看姐姐累了,妹妹赶紧开
用总共九天的花期,打破花友们的认知
像两朵粉红的灯盏,照亮我的寒舍

忙碌中,我竟不知她的头顶
什么时候又长出一节新枝,我和她对笑时
她说:我会年年开花,抚慰你越来越深的皱纹

绿化带里的丁香

你天生不会装扮自己
小小的花瓣也经不起太多负累
你为城市美容，自己却满面灰尘

但尘埃埋没不了你的芬芳
你醉了路人，醉了整个春天
你用心力挺起生命的自信

爱你的人，生怕你受伤
冷漠的人遇到你，也不由得感激
你默默地开，不怨，不悔

铁线蕨

我很早在中药大全上与你初识
知你内服清热解毒,外用消肿止痛
当之无愧是一味良药
许是年龄尚小
丝毫没有发现你的出众之处

在花圃里与你邂逅
突然发现你是那般脱俗
近观轻盈如羽,远看飘逸如纱
不娇不媚,恬静淡雅
顿时,我为犯了世俗的通病而羞愧
如果你还长在山坡上,我是不是还把你当草
只因多了一个花盆,才看到你的高贵

你为歌者伴舞
你为舞者敬酒
你为酒者赋诗
你是诗者的情人

老院的小果树

只因久久不挂果
它成了母亲心头的痛
奶奶说二姨不生娃
给的树也不结果

忘了从哪年起
小果年年都压弯枝条
母亲却忘了高兴
看着满地落果
找不回儿女们稚嫩的欢喜

荒草欢呼小果的丰收
把树一层层围起来
断壁残垣中,奶奶的小脚和拐棍
依稀敲击出时光的鼓点

小果树从不曾忘记我
每年天气一暖
它就用浓浓的芬芳
铺就我回家的路

爱的罪过

邻居家的猫咪黑白相间,漂亮极了
主人一家和我们家都溺爱着它
它经常天不亮就叫我起床
想回去的时候,自己跳起来开门

它本来是田园猫,因为爱它
主人把它当宠物猫养,最好的猫粮让它
宁肯饿着,也不将就吃饭
它趴在窗口,向往与胆怯在眼睛里决斗

它是男生,发育成熟便不再安分
主人托我把它送给一位熟人
熟人家有院子,希望它找到自由
也找到心仪的爱侣

两个月后,它见到我们好不欢喜
但因为挑食,新主人一看它就拧紧了眉
后来它跑丢了,新、旧主人和我每每念它
都为爱的罪过痛心,不已

感恩一场雨

今天的雨
真正履行了一回甘霖的使命
每一声滴答,都是最动听的音符

庄稼和树木喜极而泣
春天赋予它们的希望,终于
在雨的恩赐下扬起笑脸

那些在干旱中狂舞的蜢蝇
终于偃旗息鼓,主宰它们的邪念
经不起一滴雨的鞭笞

天地间,总是正与邪并存
它们无时不在对峙,较量
最终,慈悲才是天道

无月的中秋

戊戌年的中秋月
被厚厚的云层阻隔
只能朝月亮升起的方向
摆好水果、月饼,点上香烛
母亲说:在家不敬月,出门招风雪
我朝夜空三拜九叩,相信心诚则灵

听了一夜雨声
十六清早拉开帘幔
烛已燃尽,香已成灰
我深信,灵犀相通的夜晚
一根根雨线,必系着一个个信笺
打开时,一定月光满满

今夜月光

乙丑年的中秋
难得的圆月,难得的晴空
我接完段老的电话,找到一个安静的角落
将段老箴言融入无边清辉
"珍惜天赐福 / 感恩贵人帮 / 知足得常乐
爱自己难 / 否定自己难 / 管住自己难"
我尽情接受月光的洗礼
再将月光储存在心里
照亮阴暗的时刻

与明月说

是不是，世间太多的贪欲
搅得天地污浊不堪
每到你的节日
你就用厚厚的云布挡住你
穿透古今的眼

其实，爱你的心
都纯净如你
每一个有你的夜晚
都与你灵犀相通

如果，你听到我的心声
请你今夜揭去云布，将清辉普照大地
那红的秋叶，黄的菊花，丰稔的五谷
都为你而美，为你而歌

我，在千万个前世已向你许愿
做你怀里的一粒种子
足矣

最后的月光

一

月亮,把酿了半个月的琼浆
今夜全部捧出
星星醉得一塌糊涂,沉入梦乡
天和地沐浴得通体透亮
每一棵树木饮得酩酊大醉
赤裸着手臂,互不相让
我焦渴得和他们争抢
月亮笑了,是母亲的
模样

二

漫天的湖水,淹没了我和故乡
我走动一下,湖水都泛起
亮闪闪的波光
触手尽是满满的清凉
我不禁撑开衣兜,任它灌满
好在梦里,做棉花糖

三
恍惚中,月光长成茂盛的马莲草
我欢喜地采啊采,编出
银闪闪的雄鹰,银闪闪的骏马
我,还是儿时的
模样

注:这是2017年农历九月十四的月光,母亲在这年冬天去世,故名"最后"。

红叶

春天似乎很遥远了
你青春的呓语,从蝴蝶的翅膀滑落
一缕风捡起,转给一朵云
云读了很久,直到此刻
才对你报以微笑

夏天的背影里
你用沉着拥抱雷电
你用刚毅迎接风雨
是你忘了追逐缠绵
还是柔情与你无缘

终于,当喧嚣退去,浮华散尽
在风霜席卷大地之时
你燃烧出无边无际的壮丽
诠释对天地的热爱与感恩

看红叶

去看红叶，我特意穿了红风衣，围了红围巾
当我和红叶站在一起，却倍感羞惭
我被世俗包裹得太严
红叶却把自己裸露得那么优美

白云和红叶久久絮语，我竟然听懂了
一个天为家，千里回头咫尺间
一个地为母，霜雪为伴不觉寒
我，忙着赶路，不知去处

又见落叶

金黄的落叶在西风里跳跃翻飞
用鲜艳的金黄欢呼生命
最后的灿烂

发白的太阳,在天空悬着
我感受到它慈悲的暖意
落叶也用力感受这慈悲,不问去处

我的心越过云朵
融入不变的蓝
任西风凋零又一度光阴

我不忍心踩到一片落叶
让它和我的足迹为伴
在深秋相互取暖

秋叶的伤感

一堆叶子,终于聚集在一起
顾不得满身灰尘,忙不迭
诉说曾经相守的日子

他们往昔那么近,却似咫尺天涯
只因各在各的枝头
多少相知难以倾诉

如今,他们你看看我,我看看你
尽管憔悴不堪
但笑容里,尽是日月的从容

风,被这些痴男怨女逗得捧腹大笑
一扬手,让他们瞬间
读懂了前世,今生

寂寞的柿子

没了早年树下的欢腾
没了给主人换取钱粮的喜悦
你的寂寞,在云朵的缝隙间飘荡

是阳光把你红成山野的风景
还是你让深秋的阳光更暖
你把甘甜,馈赠给欢喜的路人

你用最后的热情拥抱枯草和落叶
它们吮吸着你火红的汁液
来慰藉生命尽头的霜寒

日子

我昏昏睡去,来到时间之外
虚无中,体验荒诞的自由
没有逻辑的自在

时间的轮子碾过我的胸口
告诉我,这身皮囊承载的负累
我跟着时间一起流动
在敏感中疼痛,在麻木中疲惫

一片黄叶,把最后的灿烂留给我
玻璃窗,却阻隔了
我伸给它的手

旷野黄花

天地的厚爱，让它远离闹市
也就远离了喧嚣和污染

它开在山坡的向阳处
西风和秋霜都无法侵扰
任由它开到生命的尽头

我和它对望的刹那
觉得它好幸运
它却神伤地摇摇头

西风撩起我的头发
说："这里也有黄花
是你，不觉！"

相约

金黄的夕阳在大路的尽头等谁
霞光中的远山,可是接引他的殿堂
金黄的落叶欢呼不已
把云彩都震得阵阵颤抖
那一定是一场盛大的洗礼

我想立刻前去受洗
身上的负重却使我无法奔跑
夕阳慈祥地笑了,说:"不急,不急
等你完成了所有使命
我还在这里,等你!"

雪

你是大地的知己
在最寒冷的时候
用一腔火热的激情
对大地倾诉爱意
山川为你陶醉
忘了沟壑的伤痛
树木为你欣喜
忘了叶落的清冷
久闭的门窗为你打开
飞出忘情的欢歌笑语
孤独的太阳心生妒忌
本想拥你入怀
却将你和大地
融为一体

错过一场雪

你飘然而至
很多人已扑进你的怀里
我却错过了与你最心动的相遇
你依然对我铺开温情的宣纸
我却丢失了忘情的笔
心中那幅最美的画
早已给岁月打底

和雪花对话

你来自天空,你的家好大哦
不,天属于日月星辰,我只是过客

对,你来自云层,家在江河湖海
为何非要问来处?此心安处是吾乡

是啊!看你把大地装扮得多么美
那美太短暂了,我只在落地前是无瑕的

不要伤感了,看那么多人喜欢你
正是看到他们渴望纯净,我才这般忧伤

那,哪里才是你的安心之处呢
太阳的歌声里,月亮的笑容里

风

风,又在外面欢呼
庆祝无遮无拦的季节到来
它和森林从古斗到今
苦的是鸟雀,乐的是蛇鼠

它和垃圾尘土为伍
为缭乱行人的意念得意
为迷了茫然的眼睛窃喜

它一次次试图推开我的窗
我终于明白,想获得一份安宁
除非"无我"

又写风

风,由来已久
裹挟着历史的血腥
积存着苦难者的眼泪

风,是一个痞子
在墙上撞得号啕大哭
却将淫威发泄在所及之物上

风的野心是将天地占为己有
但因无根,最终
劳而,无功

尘

你,与风为伍
若栖息在绿叶上,便能听到
小鸟谈论天空的高度
若流落粪土
只能和蛆虫滚成一体

雨,是你的灾难
也让你获得重生
读懂风云雷电,季节流转
你也能与天地畅叙有无
和万物同喜同生

在阳光的祝福里
你翩翩起舞
带着大地的自信
追逐天空

有这样两个孩子

一

再过两天,过年的爆竹将漫天响起
房东家的男孩得到一只雪白的兔子
这是邻居送给他家过年的一道美味
男孩和兔子对视着,兔子红红的眼睛里
没有即将丧命的忧虑,也没有世俗的欢喜
只有生命本真的愿望,一个萝卜足矣

男孩的脸慢慢沉了下来
他看到了人类的贪婪,残忍和自私
他的眼睛里盈上亮晶晶的泪滴
他对兔子说:再过两天咱俩一块儿过年
兔子看着男孩,眼睛里泛起祝福的笑意

二

村庄夏日的操场,迎来下乡演出的队伍
随队演出的侄子,下车就被一幕情景吸引
白杨树、绿草地、五只雪白的羊儿,让他欢喜不已
羊儿一边咩咩地叫,一边快乐地吃着青草

当他中午回来,却被另一幕惊呆了
五只雪白的羊儿,已是滴血的肉挂在树上
其中一只羊儿的腹内,还有待产的小羊
树下的声浪瞬间砸伤了他的心
他默默离开,度过一个寒冷而疼痛的漫长午后
从此,他的筷子,再不夹起一根肉丝

亲情篇

——在回望中静一静,暖一暖

指尖的喜气

腊月的雪舞出父亲回家的脚印
迎来村里大大小小送红纸的身影
我们兄妹忙不迭折纸,裁纸
再折出五字、七字、九字格
红纸将过年的喜气,天天染满我的指尖

橘黄色的矮脚圆桌,放在温暖的炕席上
盛墨的小碟子放在桌子上
父亲站在炕檐根,不停地写啊写
一炕的春联,收起又摆满
直到除夕夜,还有人赶来
说他家的鸡窝、猪圈,还没写

写春联的年月,我离父亲最近
父亲给我讲点如桃,撇如刀,悬针垂露
我却领会甚少,只记住
被染得鲜红鲜红的指尖
陪我快乐了一冬,又一冬

又见松塔

我在公园和几颗松塔对视的刹那,回到
老院冬日白花花的阳光下,古铜色的松塔
"哔叭"作响,为每一粒松子庆贺新生
鸡和小鸟赶来争抢美食,看松子的我却常常开溜
不知那是我衣食的来源,不知那是父亲的血汗

父亲好多年里,秋天一到就上山打松子
我还在酣睡,父亲就向深山老林进发
直到老院后岭上金黄的阳光一点点褪尽
父亲才将一大布袋松塔"咚"的一声放在小果树下
他回到西房炕上躺下,好半天一动不动
裂开的松塔像盛开的花朵,我在它
燃烧的光焰里一冬又一冬,长大

一对父女念着:
"十斤汗水一颗塔,十斤松塔一斤子"
从树下走过,那不是父亲和我,父亲
已和松树做伴二十五年,看松塔一年年长大,落下
他一定满心欢喜,还想着给儿女摘回家
松子换回衣料和粮米,再用开花的松塔暖家

一树糖梨

这棵山梨树,长在老家西北面的山坡上
因为很甜,村里人叫它糖梨树
每年七月,父亲总能或多或少
把那红艳艳、黄灿灿的欢喜给背回家

梨儿不大,母亲把它捂在小缸里
等到香气飘满屋子,梨儿变软
我们剥去薄薄的皮放进嘴里
便是满口琼浆玉液般的甜

父母看着我们吃,他们却不吃
我们吃完后,又期待明年
不觉间,父亲带走了"明年"
留下一树糖梨,时不时
甜在我的心间

半截香蕉

我第一次出远门,是和父亲去太原
晚上,同住一室的大姐送我一截香蕉
这是我第一次见到真香蕉
我照着大姐的样子小心剥开
掰下半截吃了,将剩下的半截放在枕边
大姐好奇的眼神,我装作没看见
第二天早上,我把这半截香蕉给父亲吃
窗口的太阳和父亲一起
冲我笑得好甜

烟

天,空着,屋檐下
曾经的黄烟、白烟、蓝烟
将记忆熏染成烟火的颜色

父亲戴着黄帽,双手交插在袖管里
站在屋檐下看烟
一天又一天,一年又一年

母亲边忙边说:一直看烟
哥哥们进进出出说:又在看烟
我憨憨地说:爹爹老是看烟

父亲失语六年,烟陪伴了他六年
晴天,他看阳光里的烟,月色里的烟
雨雪天,他看潮湿的烟,迷蒙的烟

二十年后,我站在屋檐下
用父亲看烟的样子
看天

南房

祖院的南房诞生时
是村里最好的房子
淡黄色的炕席,洁白的顶棚和墙壁
彩漆炕围上的花鸟,让我幻想马良的神笔
热炕两头窗上的玻璃
把阳光下的山脊,还有筑着鸟巢的树枝
亮在这个窗子,又映上那面玻璃
电影一样,变化着四季的美丽
母亲边做针线,边哼着小曲
端坐在窗前的阳光里

梨花缘

我刚降生,三哥就给我折回一枝梨花
梨花和我,成为家中的亮点
花香融入奶香最早滋养我
我的人生注定如梨花一样白

梨花未开比开时更美
新叶嫩绿,蓓蕾嫣红
春雨中,我依在树下听它们细语
将心,交给一朵欲说还休的花蕾

走读留影

路映着蓝天,青丝带一般
飘动在起伏的苍山间,飘落在白杨树的脚边
三哥和白杨树一样又高又帅
我坐在他骑的自行车后座上
梦想的翅膀呼呼有声,回家的快乐同归鸟和鸣

独行时,我把天上的云、路边的花
用钩针编织在遮被子的花巾上
花衣兜吐出长长的线,飘动在芳香的风里
夕阳在身后亮起鲜艳的红灯笼
照我走出一路长长的"人"

听雨寻梦

窗外的春雨,叮当有声
带我回到老屋的炕头
淋湿的黑猫叼着田鼠
从窗上的小洞爬进来
它蹲在炕沿上添毛
我闻到它带回的青草的香气

太阳出来了,爹戴着草帽
牵着毛驴去种谷子,娘跟在后面
毛驴背上落满紫色的杜鹃花瓣
蝴蝶在他们周边飞舞
他们走向布谷鸟鸣叫的田野
再没回来

回望端午

一

淡蓝色的晨曦里,流动着远古的神圣与神秘
满眼青绿中,我和小妹快速地采着艾草
艾枝已守护在老院的每个门楣上
太阳才给山头戴上金冠

二

阳光把大山、老院、母亲收入囊中
母亲把藁本和艾叶缝进香包
五色布和五色线在她手上不断变化
精致成我和小妹的护身符

三

倘若一日光阴是一粒米,我把
五十年时光包一锅粽子
童心做枣,曾经的苦难
便是撒在粽子上的红糖和白糖

冬月随想

大铁锅早已不知去向
支好的红沙石,还在老院的角落里守望
恍惚间,石缝里又窜出红色的火苗
玉米、豆子、莜麦、麻籽
在铁锅里"噼啪"作响
香了小院,香了山野

爹穿着黑袄,戴着黄帽
用木拐在铁锅里不停地搅啊搅
搅出儿女一冬的欢喜
娘罩一块灰头巾,蹲在旁边
不停地筛啊筛,筛出一家人
清贫里的安详

甩着辫子吃玉米花的我
裹在蓝色的烟雾里
跑进时光的深处
不肯出来

麻叶饼

又数九了,我闭上眼睛
母亲还站在老院西房的灶台跟
给一家人烧麻叶饼

麻籽在锅里"噼噼啪啪"一阵作响
再放进盐罐"轰隆轰隆"地研
香味飘出来,香了一院的风

黑乎乎的墙壁,黑乎乎的灶台
母亲手里的玉米面麻叶饼黄得亮眼
锅里翻一阵,后火掌熏一阵
我们兄妹的口水咽了一阵又一阵

太阳在东房头顶笑眯眯的时候
一双双着急的手里,已捧着
一轮轮小太阳

回望冬至

天空,是一块透明的蓝玻璃
手里的麻叶饼,和太阳的脸一样金黄
麻仁儿和葱花的香气,馋得太阳张大了嘴巴

母亲包的苦荞面或玉米面饺子也是黄色
里面的红白萝卜馅
香得一院的风不再寒冷,香了我整个童年

土黄色的老屋,像厚厚的饺子皮儿
把我们兄妹包在里面
煮进岁月的锅里,浑然不觉

我的桦树皮小碗

绿油漆漆过的窗台光亮如镜
作业本封皮上穿红衣服的铁梅
掐着长辫子天天给我唱遥远的故事
加减号敌不过邻居女孩的大呼小叫
她举着桦树皮做的小碗,里面的糖炒面格外甜

我丢下铅笔,也问母亲要桦树皮小碗
母亲丢下正纳的鞋底,带我来到屋后的柴堆旁
阳光的手掌,一下下抚摸母亲的黑发
桦树皮在母亲手上一寸寸变大
我的欢喜也一寸寸变大

母亲把针线拉得刺啦刺啦响
我穿着红灯芯绒棉鞋的脚跳个不停
山楂鸟看得眼红,扑棱棱去找它的妈妈
蓝天泼下巨大的暖流
浸透我的童年

母亲有双开花的手

每年从深秋,直到第二年早春
母亲每天晚上都要糊手上的裂口
她点上蜡烛,拿一截黄香在烛头上烤了
将溶液滴在裂口上,一边咝咝地吸气
一边粘上一点棉花
转眼她的双手开满毛茸茸的花

黄香是母亲自制的
她将几块松香放勺子里上火熔化
再蘸着麻油搓成蜡笔一样的小段
她做梦都在叨念找黄香
离了它,她的手第二天就不能干活

母亲这门"绝技",用了一年又一年
直到不能干活。她常常摸着不再开裂的手
目光从山梁上跌落
从家里的一个个物件上跌落
从灶台上跌落
将她的心砸得疼痛难忍

娘

母亲又在梦里一声声叫"娘"
时而欢喜,时而絮叨,时而哭泣
每一个细节,都和她的娘有关

这一声"娘",母亲叫了八十年
前四十年,叫在娘亲的怀里
叫在成长的日子里
叫在成家后奔走的路上
后四十年,叫在一堆黄土前
叫在讲给儿女的故事里
叫在一个个有娘的梦里

母亲几乎没有了记忆
一生的苦辣酸甜都不再想起
唯独没有忘记——娘

我守在母亲身边,听着一声声呼唤
我也一声声叫"娘"
母亲想在梦里与娘相见
我要母亲醒来,和我团圆

晨月

晨月,是山梁举起的灯盏
寻找母亲的足迹和一路的辛酸
冰雪几十年的掩盖,消融
它们已如这月光一样稀薄

母亲的梦呓挤出老屋的门
飘在稀薄的月光里
我多么不愿意相信
母亲,已是这一钩晨月

我用眼泪拽住这最后的光亮
不愿撒手

相守的时光

下弦月的微光
倔强地亮在娘走了一生的山梁上
疼痛的泪,把微光放大,再放大
我不愿相信,这是
娘生命的余光

启明星还是那么亮
娘无数次和我朝它张望
祈愿它点亮我的前程
老院的时光受它眷顾
日也匆忙,夜也安详

寒风站住脚,和我一起倾听
娘操劳了一辈子的厨房
依稀还有叮当声传出
娘手中的扫帚和着风声
还在院上、院下沙沙作响

树影和雪影陪我一起发抖
都害怕失去这相守的时光

月牙船

丁酉年腊月初五的凌晨
母亲把一轮圆月撕去大半
把一个月牙船留给我
想她的时候，驾着它
望断西天

母亲走进溶溶清辉里
一生的苦难早已深埋
把土地载不动的爱
交给初五往后的月亮
照看她的儿女

沐浴悲伤

一院明晃晃的阳光
进门又想叫声"娘"
眼前,却是空空的炕

满树小果花真香
娘又对我说:
今年小果又是可稠哩
转头寻找,只见树影不见娘

一勺勺往盆里盛面
娘又唠叨没完:多些,再多些
手抖个不停,娘的爱再无法装进行囊

红红的夕阳照进来
映红娘和我的脸
回头看去,唯有一面空空的墙

月亮在房后升起
娘又坐在院边给我说天象
低头寻声,月光空空两茫茫

睡在娘睡过的炕头
盖着盖过娘棺木的被
多想梦见娘
娘却没听到我的念想

躺在阳光晒热的山坡上
想听听娘和我走过的脚步声
风,却把昨日带到远方

清明风语

在娘的坟前一声声叫"娘"
娘不应我,风俯下身
抚摸我颤抖的脸颊

风的劲儿有些大
那是娘心疼的嗔怪:
天这么冷,回来做甚哩?
我抢白:娘,女儿已是断线的风筝
错过今天,再去哪里叫声'娘'?

在娘长眠的山脚下等车
依稀看到娘又抱来柴薪,为我点上一堆火
俯身为我加柴,起身为我挡风
我抖得更厉害了,又听见娘说:
不敢哭哩,风吹了脸疼哩

生锈的剪刀

你曾在母亲手中银花飞舞
裁出家人和邻居过年的新衣
我的刘海在你刃间一次次剪短
你看着我一寸寸长高

母亲生病后,你也锈迹斑斑
只用来剪屋檐下的韭菜
韭菜年年开花
母亲洒下的汗滴也年年开花

如今,母亲睡在土里
你,睡在炕席下
回忆往昔

又见五谷

故园的五谷,和爹娘一样熟悉
它的养分,也和爹娘的爱一样不留痕迹
几十年来,它们带给我的欢喜
曾经不及一簇野花

戊戌年中元节,我跪在爹娘的坟前
用心底的呼唤叫醒黄土
猛然抬头,一株瘦瘦的谷穗俯在肩头
一片麻叶正抚摸我的脸
一株高粱站在面前,欲语无言

哦,这是娘的抚慰,爹的手掌
还有曾经没说完的话
我轻轻地、轻轻地抚摸它们:
你们好生成熟,再把种子撒下
把爹娘对你们的爱繁衍
也把,两个世界的爱
传达

母亲带走了故乡

异乡路旁的满天星
每一朵都美得层次分明
我用心看过,竟然没有一朵
是老院里盛开的模样
叶上的露珠,闪烁的不是我的梦呓
我的梦,和这里隔着好几道山梁

朝阳升起的地方,看不到熟悉的山岗
我捧起渠里的水洗脸,水暖暖的
心说,这样的水流在故乡该多好
迎面走来的长者,面庞黝黑而陌生
搭讪中,听不到任何故乡的音讯
哦,母亲已带走故乡
我,已是一片浮萍

疼痛的回乡路

处暑节气,老院前后一定
开满白嫩嫩、香喷喷的韭菜花
我喜滋滋带朋友回去
疯长的荒草却挡住了我回家的路

一枝一叶如一刀一剑
把老院上下切割得体无完肤
零星几株韭菜被吓到了
蔫蔫地泣不成声
樱桃树和小果树想捂住眼睛
却力不从心

老屋的门被贼人撬开了
竖柜和三斗桌被剖腹,肢解
我想给他们抚平创伤
却怕他们再次受伤

好友撩起炕上的窗帘
想拾起我文章里的风景
我撩起地下的窗帘

告诉她我在这个窗前追梦
三十年前的美
这一刻疼痛难忍

儿时乐园的山坡已面目全非
祖院的房子在风雨里骨断筋折
我一次次把眼泪咽下
让它温暖记忆

七月的眷恋

七月的阳光洒满阳台,我闭上眼睛
便同母亲走在故乡的山路上
在树荫和花香里
坐在母亲给我放好的石头上
听小鸟呢喃,和野花对话

那一串串轻轻摇摆的风铃花
一朵朵仰脸傻笑的刺棘花
还有香气入喉的酒酒花
娇俏可爱的石竹花
哦,你们是否看到了我

小路越来越亮
从老屋一直蜿蜒到奶奶庙
路上的青石和红沙石闪闪发光
同母亲和我的脚印做伴

遥望故乡

散步时,一朵红云
在故乡的方向朝我微笑
此刻,老院是金红色
有母亲的往事是金红色
我的心扑向红云
拥抱故乡

我用力吸风中的气息
那是母亲下地回来
给我采的石竹花的香气
还有山丹丹花的香气
它们长在院边,为我
守护记忆

路过故乡

路过故乡,透过车窗
我看到从老院延伸下来的小路上
一家人的脚印,已长成
茂密的野花和野草
它们渴了,我的泪
如雨落下

一张私藏的照片

我曾经很喜欢晒图
但有一张没敢晒
因为阳光下老院的晾衣绳上
是母亲的尿布

母亲走后
我却最想看到这张图片
看到它,母亲还坐在
老屋的炕上等我
我,还走在
回家的路上

山脉,血脉

去年今日,母亲还端坐炕头
说我家树上的柿子丢了可惜
要我都摘回来,送这个亲戚,那个邻居

去年今日,母亲还看见我坏了一颗牙
直抱怨岁月无情,怎么可以
把她女儿的小牙拔掉

去年今日,母亲还唠叨个不停
让我隔一座山,泼一盏汤
替她遥祭她的母亲

今年今日,我把一叠寒衣和一叠纸钱
埋进睡着母亲的土里,叫一声娘
山梁不语,落叶无依

今年今日,我用混着一颗假牙的牙齿
咬开一枚在枝头等我的柿子,望断空空的山野
任眼泪串起一条山脉,一条血脉

亏欠

跪在母亲的坟前,面前突然不是土地
而是一条越来越宽的河
母亲在河那边,我在河这边
唯有梦,能载我与母亲相见

回家的路被枯草掩埋
母亲再也不能为儿女,把坑坑洼洼填平
看不到老屋的烟火,我感到彻骨的冷
草籽一拥而上粘满衣裤,我听见母亲的声音:
有可多话等你来了说哩,来了就忘了!
又瞧手机,不跟我说说话!
明日走不行?再跟我住上一黑夜……

抚摸着母亲没说完的话
我一粒粒摘下,撒在余生的路上
春天,长出母亲对我的思念
秋天,记住我对母亲的亏欠

娘去哪里了

自从娘离去的那一刻
我的岁月就降到零度以下
每一秒都是一滴冰冻的水
把娘和我，阻隔在冰山的两边

娘的话语声声在耳
我却无法应答
娘的样子清晰可见
我却触摸不到
月亮照常升起
却再没娘的温度

身染小疾的时候
再听不到娘的牵挂
遇到高兴的事
再不用赶紧打电话告娘
南路堵不堵车和我无关
每一树花开，都离我很远

娘去哪里了

每次向虚空追问
我都惊出一身冷汗
身心瞬间冰凉

时光的冰山越来越高
想娘的时候,我爬上去
又滑下来,不知
何往

梦里闻娘亲

老家的院子总是离天空很近
一抬头,就看见一道彩虹
娘站在院边,我欢喜地抱住她
一个劲儿地问:娘,这么多天你去哪里了
我回来咱家就能看到彩虹。
娘仍然穿着好多年前的灰衣服
我使劲儿地闻她
衣服上的味道

昨夜,我两次梦见母亲

一
终于
我又和母亲坐在老院边的木桩上
沉浸在一片宁静和温馨里
我猛一抬头
见母亲的脸映在云彩上
眼睛安详,满脸欢喜
我急忙拿手机拍照
可,怎么也打不开相机

二
老家的天,雨后初晴
被雨水冲洗过的地面
不见泥泞,只见裸露的白色石子
我用力攀爬记忆中
那段陡而窄的坡

我清晰感到
母亲在身后用力推我
眨眼间,我上去了

回头拉母亲
母亲却身轻如羽

母亲和我走在初耕的田野上
我闻到泥土的清香
母亲对我说:
春天来了!

这暖,足以抵御一生的寒

刺骨的寒风,带我回到四十年前走读的路上
肩上的花布书包,一路盛开在冰天雪地
风嫉妒得厉害,不是在后面不舍穷追
就是在面前舞爪张牙

母亲说我的黄头巾太小了
步行十六里去申家峁
用鸡蛋给我换回一条小格子花纹的绿围巾
河南姨姥姥给的、手背有红色人字纹的紫巴掌
分出的两个大拇指,宣告我天天都是美美哒

一进门,我就钻进母亲早早暖好的褥子下
一边感受血液在皮肤下横冲直撞
一边吃母亲端上来的荞面饺子
手和脸,立马就不疼了

热炕

在我心里,你是爹娘的替身
自从告别爹娘的怀抱
只能在你怀里撒娇

一把茅草,几根干柴
每天在你胸膛里燃烧
燃尽爹娘一世的苍凉

我伏在你身上,花猫和黑猫伏在我身上
我们都睡着了,醒来你已不见
我,正在流浪

我走过一个个冬天
哪个驿站,也找不到
你的暖

在异乡,我饿了

行走在陌生的荒村
夕阳点燃远山的刹那
我的心被灼得生疼

想老屋对面的山梁上
那轮陪伴过我和母亲的夕阳
也正缓缓下沉

时光深处的老院和小路,坚实而发白
父亲劈柴的声音震得山响
很快,炊烟钻进天空的深处

月亮升起来,又大又白
我在雪白的月光里,捧着
母亲煮的南瓜土豆稀饭,真香

钥匙

大哥锁上他的家门,以为还会回来
馒头还在锅里,汤药还在盆里
我边和侄媳收拾,边哭
哭大哥过得不容易,哭那堆杂志里
竟有一本我的专辑

我一次次拿大哥留下的钥匙
打开大哥的家门,给侄媳打包东西
办理烦琐的后续事宜
浇大哥浇过的花,把房间收拾成
大哥在家时的样子

空空的烟灰缸,再没大哥吸过的烟蒂
空空的矮凳上,再看不到大哥花白的头发
憔悴的面容
再听不到大哥喊我乳名,很多来不及说的话
被一道无形的门隔开

多想,有一把钥匙打开这道门

手中的钥匙告诉我:这道门本不存在
即便有,与生俱来的亲情便是钥匙

牵手月亮

儿时,月亮同我牵手
在老屋的窗户上
白天黄黄的麻纸,晚上成了水墨画廊
月光叫来海棠花,叶儿也紧紧跟上
她们细语慢舞,把我带到
拥抱月亮的梦乡

少年时,月亮同我牵手
在走读中学的路上
群山抱鸟鸣,禾稼酿清香
父亲接我的脚步声一路回响
坐在家门前的榆树下,接过母亲端上的月光
身心立刻栖息在月亮的胸膛

如今,我同月亮牵手
在洁白如月的心上
雨雪再大也疏远不了月亮的模样
托起平安、团圆
是我手中的
月亮

后记：
诗歌是我的镜子

我与诗歌结缘，最早是在课本上。艾青的《大堰河，我的保姆》，贺敬之的《回延安》，臧克家的《有的人》，相当于我人生理想的启蒙，读着读着就激情澎湃，诗中的哲理教会我思考人生。

后来在各种读物上，读到张不代给各种美图配的小诗，短短几句，意境美直达我心。为了这首诗，我也舍不得丢掉那些杂志。牛汉的《华南虎》，以坚韧的生命，不屈的灵魂，给了我与命运抗争的勇气和力量。徐志摩的《再别康桥》带我融入无比美妙的画中，云彩、波光、星辉皆可与心灵共鸣。席慕蓉的《青春》让我为韶华易逝而伤感，明白了奋发当下的真谛。舒婷的《致橡树》令我向往爱情，并领会到女人应有的独立和刚毅。每遇到好诗，我不止一遍遍地读，还要背下来，背诵的时候常常热泪盈眶。诗，在我心里是至纯至美的化身。

1996年，我在县里《辽阳文报》社任编辑，恰逢左权遭遇"8·4"特大洪灾，我撰写的抗洪救灾报告文学，久思不得题，突然想起周涛那首大气磅礴的《猛士》，其中"我崇拜古往今来的猛士，当我热血沸腾时，就羞愧于自己仍是一介书生"，正好表达了我当时的由衷之情，便定名为"向猛士致敬"。此文一出引起轰动。我想，获得读者认可的原因在于，世间最动人的莫过于真情。

2017年，左权成立起了现代诗社，每周一诗成了惯例，我也开始尝试着写，但思维方式一度停留在小说和散文上。在诗友们的带动下，我逐步了解了现代诗的前世今生，直至与其携手。一思一念，一事一物，一花一草时不时触动我的灵感，从内心情愫，到故土情结，再到家国情怀，都在诗歌中留下印迹、留住火花，我也在写诗的过程中成长。渐渐地，我与诗歌相处从挚友到知己，不便倾诉的感触，一瞬即逝的领悟，被岁月掩埋的温馨和疼痛，都可以尽情对诗歌倾诉。有诗歌相伴，快乐能开花，痛苦可酿酒，万物皆入心，天地任我游。如今，诗歌已成为我不可或缺的一面镜子，我从中看到心灵的天空，映照着灵魂的归属。

感谢罗南杰书记一腔热忱融入太行山，发现了我们这群带着泥土味儿的诗歌爱好者！感谢中国外文局和新星出版社向我们伸来橄榄枝，我们的诗集才得以面世！感谢恩师杨占平先生，在创作上给予了我拨云见日般的教诲，今又不辞辛劳为我审阅诗稿并再次作序！感谢长久以来关心、支持我的前辈、老师、领导、朋友，正是他们的引领和激励，我才迎来梦想的春暖花开！

乔叶

2023 年 4 月 17 日

跋：
歌飞太行情意长

诗因歌而生，三千多年前的《诗经》是唱出来的。诗是心灵飞出的歌，我们今天捧出的这套丛书"歌飞太行"，就是九位本土作者对生活、对真情的吟唱，对祖国、对家乡的赞颂，是飞扬在太行山巅、清漳河畔的一曲曲动听的歌谣。

这是左权文坛的大喜事，是左权文学艺术界的盛事，也是左权县文化事业上令人振奋的新的里程碑，恰如毛泽东《咏梅》诗云："待到山花烂漫时，她在丛中笑。"在这里，烂漫的"山花"，即九位作者的九部诗集；报春的"梅花"，即中国外文局委派来左权挂职的罗南杰等同志。

中国外文局帮扶左权县十多年来，为左权办了很多实事。罗南杰同志挂职桐峪镇党委副书记两年来，负责教育、文旅等多方面工作，成绩斐然。他常年在乡下，与农民打成一片，在工地上，人们常常以为他是一个地地道道的"农民工"，乡亲们都把他当成贴心人，遇到难事都会想到"去找罗书记",罗书记就是这样一位古道热肠的人。当他发现左权县这片集红色历史与绿色文旅于一体的热土上,有这样一群勤奋的诗歌创作者。一首首来自生活最底层的诗歌,透射着人性的真善美,折射出他们对家乡、对祖国的挚爱,对社会、对人生的思考,是诗歌照亮了他们的精神世界。他感动之余,主动到县文联了解情况,得知他们有的处于工薪阶层,有的为生活东奔西忙,甚至有的生活还很困难,平时辛勤创作积累的大量诗稿,因囊中羞涩难以积集成书。罗书记决定伸出援手扶持他们,也为左权县的繁荣兴盛注入丰富的文化内涵和勃勃生机。他将此事向中国外文局领导做了汇报,经多次沟通,终于达成这次助力圆梦行动。与此同时,他多次和作者们坐到一起,就诗集的宗旨、内容进行详尽指导。有着军人情怀、诗人文采的他,很快与这群乡土诗人成为莫逆之交。

在此期间,九位诗作者快马加鞭,收集整理诗稿。为了让每首诗更精炼、更妥帖,他们在原创作的基础上夜以继日地仔细打磨,相互切磋,经过四个多月的精雕细琢,这套丛书终于收官。

在成书过程中,县委、县政府及宣传部领导高度重视,多次关注此事,鼓励作者扎根泥土、扎根人民，创作出无愧于家国的优秀作品。在此，诚挚感谢各位领导的大力支持！同时，感谢的还有：已近耄耋之年的原县作协主席张基祥先生和县文联原主席孟振先女士，以及多位热心人士，他们多次给予丛书悉心指导。

这九部诗集，反映了左权文学事业向上向好发展的强劲势头，也让我们认识了太行山怀抱里这群可爱的垦荒诗人，他们有担当，有情怀，体现了厚重的太行精神。他们的作品充溢着浓郁的乡土气息和诗情画意。但由于这样那样的局限，在个性化的诗歌创作中，丛书在一定程度上还存在诸多不足，敬请广大读者理解包容，批评指正。

于此，左权县文联携九位作者，向中国外文局的各位领导致以崇高的敬意！向新星出版社的各位编审老师致以诚挚的感谢！是诸君的伯乐之举圆了这群乡土诗人的文学梦，为享誉世界的民歌之乡留下浓墨重彩的一笔。同时希望更多的诗歌爱好者以此为契机，热爱生活，潜心创作，在这片有着《诗经》余韵的文化厚土上纵情驰骋，引吭高歌！

左权县文学艺术界联合会
2023 年 5 月